中學生必讀的中國古典文學

曲—金——元

全彩圖文版

秦嶺、秦乙塵 主編

推薦序
詩詞教育是美感教育，
潤澤每個人的生活世界與生命情境

　　「散文是米炊成飯，而詩則是米釀成了酒」，詩詞曲雖然各有特色，但同樣以濃縮的語言、精鍊的文字表達深厚的情感與意涵；同樣以字字珠璣連綴成篇。《中學生必讀的中國古典文學》不僅能讓人發思古之幽情，更令人回味再三。

　　青少年在成長的過程中，除了接受正規的學校教育外，家庭教育與社會教育也是重要的一環，此時若能提供有效的引導與啟發，對孩子的待人接物會有深遠的影響與薰陶。閱讀良好的課外讀物則是極為優質的自主學習與充實的途徑，不僅可從書本中獲得樂趣、涵泳情思，還能增長知識。尤其是中國古代的詩詞曲，其辭藻之雋美典雅，蘊含作者細膩的情感抒發，以及對當時社會環境、政治世局等複雜感觸的心境呈現，更展現作者本身的品格、情操與修養，值得青少年賞析與學習，從而陶冶讀者的身心。

　　「溫柔敦厚，詩教也」，詩詞教育就是美感教育，透過詩歌的美感情意，潤澤每個人的生活世界與生命情境。藉著詩詞教育的潛移默化，進而培育發展成健全的人格。於此，秀威公司為了善盡社會責任，將唐詩、宋詩、元曲等精華，有系統集結成冊。選材平易近人，貼近孩子的生活經驗；鑑賞部分能提綱挈領，深入淺出地引領孩子進入古典詩詞的殿堂，是有效增進閱讀能力的課外讀物，特此為文推薦！

　　這一本精緻小巧的口袋書，除了收集中國古代具有代表性的詩詞之外，令人驚艷的是全彩美編，「詩中有畫、畫中有詩」。其插畫精緻唯美，與詩作情境相契合，足見編者之巧思

與用心。所選畫作皆源於國際少年藝術大展的作品,是一本非常有質感且賞心悅目的書籍,值得閱讀,更值得您珍藏。

臺北市立新民國民中學校長　柯淑惠

前言

　　以唐詩、宋詞、元曲為代表的中國古典詩歌，不僅是中國文學寶庫中的璀璨瑰寶，而且在世界文學史上也佔據著重要地位。這些詩歌無論思想內容還是藝術風格，無不閃爍著文學經典的熠熠光輝，具有無窮的生命力。引導青少年學生讀一點古典詩歌，領略其中的高遠、優雅與雋美，對於提高他們的文學素養，陶冶他們的性情將大有裨益。這也正是我們策劃編寫《中學生必讀的中國古典文學》叢書的初衷。

　　《中學生必讀的中國古典文學》叢書按詩、詞、曲列卷，共六冊，分別以唐詩、宋詞和元曲為主體，精選歷代詩詞曲作各一百首彙集而成。這樣選編既便於孩子們初步瞭解中國古典詩歌的歷史淵源、發展變化和最高成就，又可以引導他們認識當時的社會環境和人文現狀，感受古代詩人的心靈之旅。

　　《中學生必讀的中國古典文學》叢書是寫給青少年的讀物，「古典文學」之外，「兒童彩畫」是它的一個顯著特點：叢書所配插圖蓋源於國際少兒藝術大展作品，也就是說全部出自孩子們之手。如此設計，不僅區別於其他版本的一般性插圖，更為重要的是用孩子們自己的畫來裝點，從而豐富了叢書的內涵，使其不再是單一的「文學」內容，同時增添了富有情趣的「彩畫」部分，圖文並茂，相輔相成，給人以清新別致的鮮明印象。這一別開生面的特點，定會增強孩子們閱讀和欣賞的興趣。

　　為了幫助青少年更好地閱讀和掌握古典詩歌，根據其認知特點，叢書設置了輔助性欄目：「作者」一欄，概要地介紹了

作者的生平事蹟及其創作成果，便於孩子們瞭解作品產生的時代背景。「注釋」一欄，將難以理解的詞句作了通俗的解釋，方便孩子們閱讀。「鑑賞」一欄，則對詩詞曲作所表現的思想內容和藝術風格作了分析解讀，使孩子們能夠身臨其境地體味作品的豐富蘊含。「今譯」一欄，在尊重原作的前提下，力圖避免散文化的直譯，而是用現代詩歌的語言和韻律，對作品進行了再創作式的翻譯，為孩子們深入地理解和把握原作，領會詩歌的音韻美提供了幫助。

　　編寫一套集文學性、藝術性和知識性於一體、為廣大青少年喜聞樂見的課外讀物，是我們由來已久的想法。這一構想同樣得到臺灣秀威資訊科技公司以及諸多教育同仁的大力支持，這也是叢書所以能夠短時間內在台出版的主要原因，在此謹表謝意。

書穎

二〇一六年二月五日

目次

第一篇　金

喜春來 春宴　元好問

春盤①宜剪三生菜，
春燕斜簪七寶釵②。
春風春醞③透人懷。
春宴排，齊唱喜春來。

【作者】

　　元好問（1190-1257），字裕之，號遺山，太原秀容（今山西欣縣）人，金代著名文學家、史學家。金宣宗時進士，做過縣令、翰林等官，金滅亡後隱居。他的詩詞質樸沉鬱，代表了金代的最高水準。散曲現存十首，對元曲的開創有示範作用。有《遺山文集》四十卷。

【注釋】
①春盤：立春那天，人們會邀集親友設宴慶賀，宴中用來裝生菜、春餅的盤子就稱為春盤。
②春燕斜簪七寶釵：春燕，古代婦女在迎春時將絲綢裁剪成燕子形作為佩飾，象徵吉祥如意。斜簪，斜戴著。七寶釵，「七寶」是概數，指裝飾有金、銀或水晶等寶物的首飾。
③春醞：指美酒。

【名句】

　　春盤宜剪三生菜，春燕斜簪七寶釵。

【鑑賞】

　　這是一首兒歌風格的散曲，主要描寫立春時人們歡聚慶祝的場景。詩人從眼前的事物寫起，句句押韻，節奏明快，在輕鬆的氣氛中表達了喜悅的心情。

　　立春那天，古人有歡聚慶祝的習慣，詩人也參與到這宴會中，並在興奮與喜悅中寫曲助興。他創作的手法很簡單，就是從看到的景、物、人寫起。為了突出春天的特點，詩人在每一個名詞前都以「春」字強調，分別描寫了「春盤」、「春燕」、「春風」、「春醲」和「春宴」。先寫宴會上精美的春盤，再寫婦女佩戴春燕形的飾物，頭上斜插著各式寶釵。在這晴好祥和的日子裡，春風輕輕拂面，送來陣陣酒香。人們歡聚在宴會上，一起歌唱著春天。春天給人的感覺是明朗清新的，此曲語言簡潔，節奏明快，字裡行間傳遞著春的氣息，寫出了春天給人們帶來的美好感受。

【今譯】

　　春盤裡盛滿新鮮的蔬菜，
　　婦女頭上裝點春燕，斜插閃爍的寶釵。
　　春風送來春酒的芳香，沁人心懷。
　　春宴排開，一齊高唱喜春來。

後庭花破子　元好問

玉樹①後庭前，瑤華妝鏡②邊。
去年花不老，今年月又圓。
莫教偏③，和花和月，大家長少年。

【注釋】
①玉樹：仙樹，古人形容它形如槐樹，但葉子更細。
②瑤華妝鏡：瑤華，顏色如美玉的白花。妝鏡，指少女梳妝的鏡子。
③偏：偏斜，指月缺。

【名句】────────────

　去年花不老，今年月又圓。

【鑑賞】────────────

　　中秋之夜，自古以來便是親人團聚，品佳餚賞明月的時候。這首小令用簡潔的語言描寫了中秋月下一家人團圓歡聚的場景，字裡行間流露出詩人渴望年年團圓、歲歲青春的美好心願，感情真摯動人。

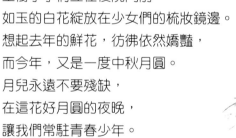

　　這首曲詞句簡單，卻蘊含著豐富的內涵。一、二句運用了對偶的修辭手法。第一句寫玉樹庭院，從整體上勾勒出一戶人家的輪廓；第二句是細節描寫，點出少女們梳粧臺上的白花。這兩句好像從遠處慢慢推進的電影鏡頭，先是一個院子，然後透過窗格，出現了少女和她將要戴在頭上的花。三、四句，作者回憶起去年過節時的場景，與今年形成對比，拉開了時間的距離，引人遐思。最後三句，敘寫詩人為這快樂和美好的場景所感動，禁不住禱告上天，希望能青春長駐。因為是真情流露，更顯自然真切。中秋之夜，今天的人們吟誦八百年前的古曲，那其中蘊藏的祥和、快樂一定還可以打動人心。

【今譯】

玉樹亭亭俏立在後院門前，
如玉的白花綻放在少女們的梳妝鏡邊。
想起去年的鮮花，彷彿依然嬌豔，
而今年，又是一度中秋月圓。
月兒永遠不要殘缺，
在這花好月圓的夜晚，
讓我們常駐青春少年。

小桃紅　楊果

碧湖湖上採芙蓉，人影隨波動。
涼露沾衣翠綃①重。
月明中，畫船不載淩波夢②。
都來一段，紅幢翠蓋③，
香盡滿城風。

【作者】

　　楊果（1195-1269），字正卿，號西庵，祁州蒲陰（今河北安國）人。在金朝曾做過縣令，入元後，官至參知政事。他是金末元初較著名的散曲作家，風格典雅，曲辭華美。有《西庵集》，現存小令十一首。

【注釋】
①翠綃：綠色的薄絹。
②淩波夢：形容景色迷離朦朧，如仙子乘碧波一樣的夢境。淩波，
　淩波仙子，喻指荷花。
③紅幢翠蓋：紅幢，紅色的帷幔。翠蓋，翠綠色的篷頂。

【名句】

　　碧湖湖上採芙蓉，人影隨波動。

【鑑賞】

　　歷史上詩人們對採蓮的場景多有描寫，蓮花與採蓮女交相輝映，打動了無數人的心扉。這首散曲選取月下採蓮的場景，月明如水，人影如畫，更多了一份縹緲浪漫的情致。

　　開篇點題。姑娘們在碧湖上採摘荷花，因為是在月下，不能清晰地看到面容，只有模糊的「人影」倒映湖中，隨碧波上下。既寫出採蓮女輕盈柔美的身姿，也營造了朦朧的意境。接句寫露水沾濕衣襟，採蓮姑娘本來輕軟的羅衫似乎也變得沉重起來。以露水寫月夜的清涼，令人神清氣爽。月明如水，景致如畫，人們沉醉在美麗的夜色中，內心浮起無數美好的幻想，似乎連畫船都載不動了。畫船遊弋在荷花叢中，姑娘們舉起手中的荷花，遠遠望去，彷彿連成一片紅色的帷幔與綠色的篷頂，荷花的清香也隨風飄向城市的各個角落。這如詩如畫的場景，被詩人描繪得生動傳神，如在眼前。此曲重在描寫荷花叢中的採蓮女，在詩人的妙筆渲染下，她們動人的身姿彷彿天外飛仙。

採蓮女在碧湖上採摘芙蓉，
人影隨著波浪輕輕浮動。
露水打濕了衣襟，衣衫也變得沉重。
清澈的月光下，
遊船載不動這如詩如畫的夢境。
只見她們人人舉起荷花，
宛如架起紅色的帷幔、綠色的篷頂，
那香氣隨風飄揚，散向全城。

第二篇　元

天淨沙 商衟

雪飛柳絮梨花，梅開玉蕊瓊葩①，
雲淡簾篩月華②。
玲瓏堪畫③，一枝瘦影窗紗。

【作者】

　　商衟，生卒年不詳，字政叔，曹州濟陰（今山東曹縣）人，元代詩畫家。他擅長詞曲，工於繪畫，曾經改編《雙漸小卿諸宮調》，在當時廣為傳唱。

【注釋】
①玉蕊瓊葩：形容梅花戴雪綻放，晶瑩剔透，色澤如玉。
②簾篩月華：形容月光透過窗簾照進房間的情景。
③玲瓏堪畫：玲瓏，細緻精巧的樣子。堪畫，可以入畫。

【名句】

　　玲瓏堪畫，一枝瘦影窗紗。

【鑑賞】

　　前人評論商政叔的作品如朝霞映在天空，色彩華麗，有極強的畫面感。這首散曲正體現了這個特色。

　　開篇三句從動態角度描寫了雪中的梅花月影，勾勒出朦朧精緻的畫面。詩人站在窗前，望著窗外紅梅傲雪，一派盎然生機。此時，天空一派迷濛，潔白的飛雪映襯著幽藍的天空，月光如霜，透過窗簾灑落滿地，讓詩人的心沉浸在夢幻般的境界中。月光本來是靜止的，用一個動詞「篩」，似乎月光也隨著飛雪浮動起來，極富動感。這三個短句描繪雪夜景致，比喻十分精美，描寫也很細緻。最後的兩句，詩人的筆觸從動到靜，由整體描摹到細節特寫，最後定格在一個鏡頭上：窗外是飛雪明月天，窗紗上，印出一枝紅梅淡淡的細影。前三句是放，後兩句是收，在收放的過程中，營造出令人陶醉的境界，令讀者隨之沉靜，隨之思接天外。

【今譯】

　　冬雪飛揚宛如柳絮梨花，
　　梅花盛開好似玉蕊瓊葩，
　　雲影淡淡，月光透過窗簾輕輕灑下。
　　好一派玲瓏剔透的動人圖畫，
　　一枝削瘦的梅花剪影印上了窗紗。

撥不斷 自歎　王和卿

恰春朝①，又秋宵②，春花秋月何時了。
花到三春顏色消③，月過十五光明少，月殘④花落。

【作者】

　　王和卿，生卒年不詳，大名（今屬河北）人。元代詞曲家，尤擅長小令，在當時名聲很大。他的散曲通俗幽默，語含譏諷。現存小令二十一首。

【注釋】
①恰春朝：恰，才、剛剛。春朝，春天的早晨。
②秋宵：秋夜。
③消：褪色。
④月殘：指月缺。

【名句】

　　花到三春顏色消，月過十五光明少。

【鑑賞】

　　此曲以白描見長，以季節、自然輪回象徵人生，通過對自然界的描繪、詠歎，抒發了人生感慨。

　　直接引用前人的名句，這也是散曲創作中一個規律性的特點。此曲引用南唐後主李煜詞作《虞美人》中的名句「春花秋月何時了」，以對季節的直接描寫象徵人生不斷前行的歷程。似乎剛剛才迎來春天的早晨，轉眼又到了蕭索的秋夜。春花秋月，年年輪回，不正象徵著人生從少年到中年再到老年嗎？這是不可逆轉的客觀規律。人生如春花，如滿月。進入暮春，盛放的花朵逐漸褪色、凋零，香氣飄散；過了十五，一輪滿月慢慢殘缺，光芒越來越暗淡。詩人以「月殘花落」結尾，正是作者面對時光流逝而抒發出的深沉慨歎：月終究要缺，花終究要落，正與人最終都要老去一樣。這個結尾緊扣了題目，表達詩人對個體生命終將消亡的無奈與憂傷，流露出詩人內心的悲觀。人生就是一個過程，美好的年華終要逝去，在最好的時光裡做一些有價值的事，使人生少一份遺憾，這大概是我們由曲中所得的啟示。

【今譯】

　　剛過了春朝，又迎來秋宵，
　　春花秋月，年年輪回何時了。
　　花開到晚春顏色逐漸褪消，
　　月過了十五光明愈來愈少，
　　最終只剩得月缺花落。

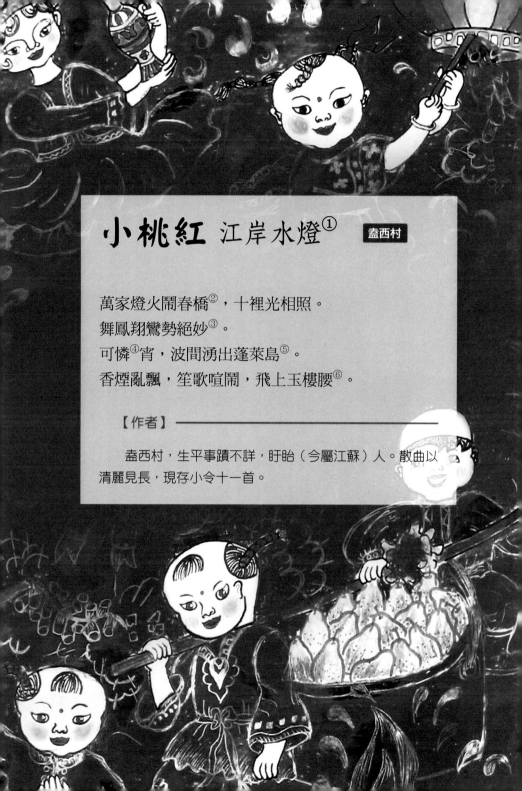

小桃紅 江岸水燈①

盍西村

萬家燈火鬧春橋②，十裡光相照。
舞鳳翔鸞勢絕妙③。
可憐④宵，波間湧出蓬萊島⑤。
香煙亂飄，笙歌喧鬧，飛上玉樓腰⑥。

【作者】

　　盍西村，生平事蹟不詳，盱眙（今屬江蘇）人。散曲以
清麗見長，現存小令十一首。

【注釋】

①江岸水燈：臨川（今江西撫州）八景之一。

②鬧春橋：是說春日裡的江橋，被萬家燈火點綴得流光溢彩，分外
　妖嬈。

③舞鳳翔鸞勢絕妙：舞鳳翔鸞，曲中指舞動起狀似鳳、鸞的花燈。
　勢絕妙，各色精美的彩燈飛舞，極為美妙。

④可憐：可愛。

⑤蓬萊島：為古代傳說中的神山名，後常泛指仙境。曲中喻指江面
　燈船。

⑥玉樓腰：玉樓，瓊樓玉宇，指傳說中仙人的居所。腰，指中部。

【名句】

萬家燈火鬧春橋，十裡光相照。

【鑑賞】

　　盍西村的作品如清風明月，風格爽朗、清麗，這首曲也
體現了這一特點。此曲描寫臨川元宵節江岸水燈的盛況，語
言爽利，境界華美，描物狀景的功夫令人稱讚。

　　起首點明觀燈地點，是在遊人最多的「春橋」，燈光
綿延十裡江岸，流光溢彩，交相輝映。這兩句對臨川元宵
佳節的盛況做了整體勾勒，燈火璀璨的場面躍然紙上。「萬
家」、「十裡」等詞，在廣闊的背景下渲染出一片歡樂景
象；而「鬧」字寫燈彩的輝煌與人群的喧鬧，加強了動感，
營造了歡快熱鬧的氣氛。接下來寫各式各樣的花燈迴旋舞
動，姿態曼妙，栩栩如生，令詩人禁不住歎道：好一個良宵
勝景啊。緊接著寫江上燈船倒映水中，燈影隨水波閃爍，遠
遠望去，彷彿蓬萊仙島湧現江上。以新穎的比喻寫江上燈船

所營造出的似真似幻的意境，傳達出讚歎的情感。結尾三句
緊承上文，在煙霧迷離中，只聽得處處笙歌，彷彿帶著人們
飛上了瓊樓玉宇，進入了華彩迷離的仙境之中。這首散曲把
元宵燈節的場景描繪得美輪美奐，令人嚮往。

【今譯】

萬家燈火點綴著春日裡的江橋，
十裡江岸燈光交輝映照。
飛舞的鸞鳳花燈姿態輕盈曼妙，
如此可愛的良宵，
彷彿水波中湧現出一座蓬萊仙島。
香氣霧氣四散縹緲，
笙歌笑語陣陣喧鬧，
一直飛上瓊樓玉宇的中腰。

沉醉東風 漁夫 `白樸`

黃蘆岸白萍渡口，綠楊堤紅蓼①灘頭。
雖無刎頸交②，卻有忘機友③，點秋江白鷺沙鷗。
傲殺人間萬戶侯④，不識字煙波釣叟⑤。

【作者】

　　白樸（1226-1285），字太素，號蘭谷先生，祖籍隩
州（今山西河曲），後移居真定（今河北正定）。元代戲劇
家、散曲家，「元曲四大家」之一。少年時經歷困苦，入元
後，不願出仕，布衣終生。寫過雜劇十六種，其中以《梧桐
雨》最為著名。現存小令三十七首。

【注釋】
①紅蓼：岸邊水草，秋日開花，多為淡紅色。
②刎頸交：指生死與共的朋友。
③忘機友：不計名利得失的真誠相待的友人。
④萬戶侯：封邑在萬戶以上，是漢代侯爵最高的一層，後泛指高官
　貴爵。
⑤煙波釣叟：江上垂釣的老者，泛指歸隱之人。

【名句】

傲殺人間萬戶侯，不識字煙波釣叟。

【鑑賞】

　　這首小令塑造了一個與世無爭的漁夫形象，表達了詩人對單純平靜的隱居生活的嚮往之情。白樸終生布衣，以歸隱之人自居，這首小令是他理想生活的寫照。

　　此曲以一組對仗句起首，鋪陳秋日常見的景物：黃蘆、白萍、綠楊和紅蓼，畫面色彩絢爛鮮明，蘊含著勃勃生機。正是江南大好秋光，而詩人就生活在這美麗的渡口灘頭。詩人生活的環境，是那樣美麗而單純，而此時詩人的心境是寧靜淡泊的。接句敘寫詩人與世無爭，即使沒有刎頸之交也不遺憾，因為結交了一些忘懷得失、真誠相待的朋友，就是那秋江之上點點翻飛的白鷺沙鷗。一個「點」字使靜景變成了動景，使畫面更為靈動。同時，化用《列子》中「鷗鷺忘機」的典故，表達了自己願與鷗鷺為友的高潔自傲的情懷；也暗寫出人世間難尋真正忘機的友人，表達對現實的失望不滿。結尾處點明題意，表明作者以漁夫自居，傲視人間富貴名利的超然態度。詩人所生活的元代，漢族知識分子的地位十分低下，所以詩人希望自己是「不識字」的煙波釣叟。由此可以看出曲中所描述的漁夫生活不過是一種理想境界，而這也正是詩人不滿於當時社會現實的真實反映。

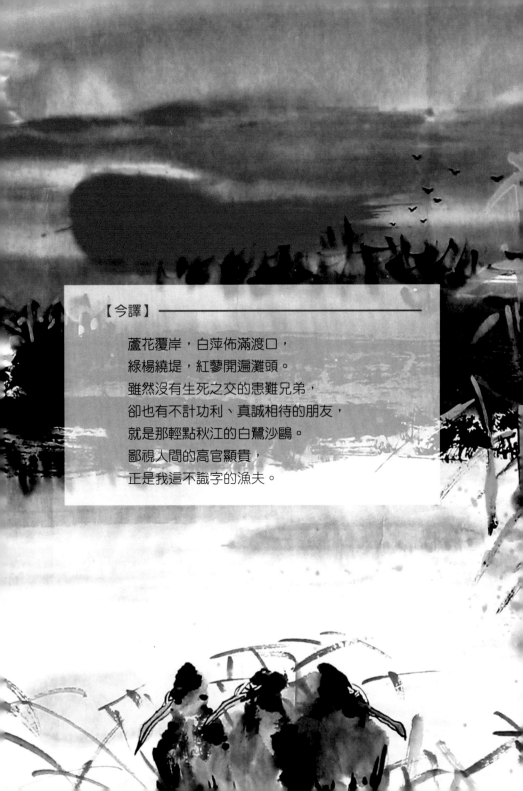

【今譯】

蘆花覆岸，白萍佈滿渡口，
綠楊繞堤，紅蓼開遍灘頭。
雖然沒有生死之交的患難兄弟，
卻也有不計功利、真誠相待的朋友，
就是那輕點秋江的白鷺沙鷗。
鄙視人間的高官顯貴，
正是我這不識字的漁夫。

天淨沙 春　白樸

春山暖日和風，闌杆樓閣簾櫳^①，
楊柳秋千院中。
啼鶯舞燕，小橋流水飛紅^②。

【注釋】
①簾櫳：簾子。櫳，窗上的格子，或指竹簾上的條條縫隙。
②飛紅：指落花。

【名句】────────────

啼鶯舞燕，小橋流水飛紅。

【鑑賞】────────────

　　白樸此曲共作八首，題為春、夏、秋、冬，這是其中之一。詩人依據自己的觀察，選取尋常景物來表現春的明媚和煦，別有一番新意。

　　開篇描寫的是特定環境中的景致：遠處的山已經變綠了，風和日麗；近處是帶有欄杆的樓閣，木窗上遮擋著華美的簾子；庭院裡楊柳依依，一副秋千架立在院中。詩人寫春並沒有著墨於大自然中的壯闊景象，而是以樓閣庭院為背景，寫了平常人家周圍的常見景致。無論「春山暖日」，還是「楊柳秋千」，都是這戶人家能夠看得到、感覺得到的，

可見春光無處不在。前幾句詩人寫的是靜景，向讀者傳遞了春的訊息。接下來，詩人筆鋒一轉，著墨於動景：鶯啼燕舞，小橋流水，落花飄飛。通過這些景物，形象地傳達出春天的勃勃生機。當然，這些景物同樣平常，同樣圍繞在樓閣庭院的周圍。這便是詩人選取的獨特視角，顯示出觀察生活、駕馭文字的功力。

【今譯】

　　青翠的山巒，明媚的陽光，和煦的春風，
　　雕飾的欄杆，華美的樓閣，竹簾遮擋的窗櫺，
　　楊柳依依，秋千蕩蕩，庭院深深。
　　到處鶯歌燕舞，小橋下流水淙淙，落花飄零。

天淨沙 秋　白樸

孤村落日殘霞①，輕煙老樹寒鴉②，
一點飛鴻③影下。
青山綠水，白草紅葉黃花。

【注釋】
①殘霞：指晚霞。
②寒鴉：天寒歸林的烏鴉。
③飛鴻：即鴻雁。

【名句】

孤村落日殘霞，輕煙老樹寒鴉。

【鑑賞】

　　此曲意境與馬致遠的《秋思》相類，情調卻完全不同，用清淡的筆墨描繪出一幅詩意悠長的畫卷，其中蘊含著難以言說的淡淡思緒，展現出作者迷濛悠遠的心境。

　　起首兩句寫靜景。夕陽西下，一抹殘霞籠罩著孤零零的村子；幾株老樹上停息著天寒歸林的老鴉，有淡淡的輕煙彌漫。既點明暮秋傍晚的時節，又以「孤」、「殘」、「輕」、「寒」等字，營造出蕭索、迷離的意境，蘊含著淡淡的惆悵寂寞之感。第三句轉寫動景。在這樣清冷、荒寂的背景下，一隻飛鴻的影子遠遠地投下來，為這幅冷寂的圖畫增加了些許靈動的色彩，意境也變得悠遠。結尾兩句視角拉近，一改前文的清冷與迷離，著意描繪了色調鮮明絢爛的畫面：綠水環繞青山，茫茫野草叢中點綴著紅葉黃花。這樣明朗絢麗的景致，既使整幅畫面更為生動，也彷彿使詩人寂寞的心緒得到排解。

【今譯】

　　孤寂的村莊、蕭條的落日、朦朧的晚霞，
　　淡淡的煙霧、枯萎的老樹、歸林的烏鴉，
　　遠處，一隻飛鴻的影子從空中投下。
　　蒼青的山巒，碧綠的溪水，
　　白茫茫的野草伴著紅葉黃花。

四塊玉 別情　關漢卿

自送別，心難舍，一點相思幾時絕？
憑闌袖拂楊花雪①。
溪又斜，山又遮，人去也！

【作者】

　　關漢卿（1226？-1300？），號已齋叟，大都（今北京）人。元代著名文學家、戲劇家，與馬致遠、鄭光祖、白樸並稱「元曲四大家」。他的雜劇創作代表了我國古典戲劇的最高成就，一生創作雜劇六十多種，現存十八種，以《竇娥冤》、《救風塵》等最為著名。他的劇作多以緊張激烈的劇情反映社會現實，對底層人民寄寓同情，也蘊含不屈的反抗精神。人物栩栩如生，語言鮮活自然。散曲現存小令五十七首，套曲十三篇。

【注釋】
①憑闌袖拂楊花雪：憑闌，倚靠著欄杆。楊花雪，形容楊花飛絮如雪。

【名句】

　　溪又斜，山又遮，人去也！

【鑑賞】

　　這首小令敘寫離情別緒，言辭樸實淺白，卻寫得深情動人，為元曲中的小幅精品。

　　起首即扣題。從分別的那一刻起，思念就已經開始。過後細細思量，更覺相思綿綿，不知何時才能斷絕。以疑問的形式敘寫思念的纏綿難解，雖是「一點」，卻又難以擺脫。語言淺白，述說的卻是深切的思念，讀來更覺情深動人。接句宛如一幅絕妙的圖畫：如雪的楊花漫天紛飛，欄杆旁，一

位女子百無聊賴地倚欄而立，那嬝嬝的身影似乎在傾訴著無盡的情思與孤寂。女子仰首望向遠方，若有所期。可是那曲折的溪水與綿延的群山，彷彿有意遮擋她的視線，望不到遠去的人。末尾的「人去也」，隱含著主人翁深深的歎息，不知道這個離去的人何時歸來，是否還會歸來。這樣的別情本不少見，然而詩人卻以獨特的視角，選取了幾種常見的景物來烘托人物的內心世界，可謂平常中見奇崛。

【今譯】————————————————————

　　從送別的那天開始，
　　心裡就一直難以割捨，
　　點點相思不知何時才能擺脫？
　　倚在欄杆旁，用衣袖拂去楊花片片。
　　溪水曲曲彎彎，
　　遠處山巒遮擋了我的視線，
　　牽掛的人兒已去也！

大德歌 春 [關漢卿]

子規①啼，不如歸，道是春歸人未歸。
幾日添憔悴，虛飄飄柳絮飛。
一春魚雁②無消息，則見雙燕鬥銜泥。

【注釋】
①子規：杜鵑，常在春天啼叫，其聲哀婉。
②魚雁：書信，古人有「魚雁傳書」之說。

【名句】————————————————

　　一春魚雁無消息，則見雙燕鬥銜泥。

【鑑賞】————————————————

　　此曲以杜鵑呼喚歸去起興，感歎春天已經來了，而遠行
的人尚未歸來。如果說前一首《別情》表達的是純粹的思念
之情，這一首則在思念的基調上更進一層，有埋怨的意味，
情境也更為淒涼。

　　一開篇便寫杜鵑啼叫，傷感的氣氛由此開始。本來說好春天回來，可是所盼望的人不知道是路遠不便，還是其他什麼原因，卻沒有依約定回還。女主人公所有的期待都落空了。此時聽到子規啼鳴，勸人「不如歸去」，不由得心生埋怨。接句緊承上文，因為整日的思念與擔憂，女主人公身形日漸憔悴。看到柳絮在眼前飛舞，彷彿自己也與柳絮一樣，無根地飄飛在空中。以柳絮飛舞無著的情景喻寫心緒不寧的心理狀態，思念之深重躍然紙上。柳絮飄飛本是暮春才有的景象，引起下文的「一春」，既寫遠行人離別日久，又寫女主人公思念日深。整個春天不見回還，也沒有書信以慰遠念，難怪她身心憔悴了。結尾句轉為寫景，一雙燕子往來嬉戲，銜泥築巢。看似閒筆，卻是以燕子的成雙成對反襯女主人公的形單影隻，意味深長。曲中，作者運用了暗喻的手法，敘寫女主人公思念遠人的深情和傷感，把人物的情態和心境表現得十分真切。

【今譯】

杜鵑鳥一聲聲哀啼，
彷彿在呼喚「不如歸去」，
然而春天已到，人未歸。
幾日來更添了幾分憔悴，
人如柳絮在空中飄飛。
整個春天都沒有書信來，
見到的是燕子雙雙逗弄銜泥。

碧玉簫　關漢卿

膝上琴橫，哀愁動離情。
指下風生①，瀟灑弄清聲。
鎖窗②前月色明，雕闌外夜氣清。
指法輕，助起騷人③興。
聽，正漏斷④人初靜。

【注釋】
①風生：起風，曲中形容彈琴時手指翻飛如帶風的樣子。
②鎖窗：雕刻或繪有連環形花飾的窗子。
③騷人：屈原作《離騷》，故稱其為騷人，後來泛指文人、詩人。
④漏斷：漏壺已停止，指到了夜深的時候。漏，即滴漏，多銅制壺
　　狀，可滴水或漏沙，有刻度，為古代一種計時工具。

【名句】────────────────

　　指下風生，瀟灑弄清聲。

【鑑賞】

　　這首小令勾勒出一幅清夜琴韻圖，描寫細膩生動，創造出清幽、雅致的意境，表現了無形的音樂帶給人們的特殊感受。

　　一群文人墨客聚集於雕飾精美的花窗內，一位技藝高超的琴師撫琴助興。人們漸漸被琴聲吸引，鴉雀無聲。彈琴人手法輕巧，技藝嫻熟，飽含著真摯深沉的感情。琴聲中彷彿有無限的心事，無限的哀愁。此時，窗外月明如水，靜寂的夜晚，只有琴聲飄蕩。這首曲寫的是音樂，把琴音中的清越之氣表現得十分到位。與自然風景不同，聲音是無形無色的，怎樣才能在文字中表現出來呢？這首曲主要運用的是側面烘托的手法。前四句是場面特寫：一位琴師忘情地彈奏著，琴聲中彷彿有瑟瑟的秋風吹來，寫出其中的悲涼。「鎖窗」句到最後，都是側面烘托。月色和夜氣被琴聲感染，一派明麗清爽；詩人們被琴聲打動，詩興大發；已到深夜，大街小巷靜悄悄的，到處都回蕩著琴聲。沒有一句直接寫琴聲，但所有的描寫都是為表現琴聲服務的。到底是一位怎樣的琴師，所彈的是哪首曲子？曲中都未說明，一切都留給讀者，通過那些側面烘托去想像，去感受。

【今譯】

　　膝上古琴橫陳，
　　哀怨的琴聲牽動人們的離情。
　　指下如疾風驟起，
　　瀟瀟灑灑撥弄出清越之聲。
　　錦窗前月色澄明，
　　雕欄外夜氣清新。
　　琴師的技法輕巧嫻熟，
　　激發了座中詩人的雅興。
　　聽，滴漏已斷，剛好夜深人靜。

陽春曲 春景 胡祗遹

殘花①醞釀蜂兒蜜，
細雨調和燕子泥②。
綠窗春睡覺③來遲。
誰喚起？
窗外曉鶯啼。

【作者】

　　胡祗遹（1227-1295），字紹開，號紫山，磁州武安（今屬河北）人。元代文學家。其散曲作品多為寫景之作，風格秀美。有詩文集《紫山先生大全集》，現存小令十一首。

【注釋】
①殘花：將謝未謝的花。
②燕子泥：指燕子為做巢而銜來的泥。
③覺：醒來。

【名句】

　　殘花醞釀蜂兒蜜，細雨調和燕子泥。

【鑑賞】

　　這是一首散曲名作。寫春曉的殘花、細雨、鶯啼，筆觸細膩，寫出了春天的溫暖祥和，令人嚮往。

　　詩人開篇寫到了殘花、細雨，蜜蜂在花叢裡飛舞，燕子在細雨中銜泥，描繪得十分細膩。花雖凋殘，蜜蜂仍往來採蜜，沒有零落衰敗之感，反見生機勃勃之意。春曉細雨，本令人掃興，卻正為燕子築巢調和了泥土。展現春的別樣生機與情致，傳達出詩人的喜悅之情；而且音韻和諧輕緩，頗有春光盈盈的意味。接句視線移動，寫到了綠窗裡春睡不起的人。曲中未言明到底是什麼人在沉睡，只是點出「春眠不覺曉」的季節特徵，給讀者留下了想像的空間。春睡的人終被窗外的鶯啼吵醒，倚窗凝神，與窗外的春意相對。這樣一幅圖畫，真是令人心曠神怡！詩人善於細節描寫，又把一種溫暖、平和的情緒融匯其中，展現出饒有意味的情境。

【今譯】

　　花兒已經凋零，蜂兒還在忙碌著採蜜，
　　細雨綿綿，調和著小燕子築巢的春泥。
　　春光和煦，綠窗裡的人兒沉睡不起。
　　是誰的聲音將春眠者喚醒？
　　哦，窗外，淩晨的黃鶯正清脆地鳴啼。

小桃紅 平湖樂　王惲

採菱人語隔秋煙[1]，波靜如橫練[2]。
入手風光莫流轉[3]，
共留連，畫船一笑春風面[4]。
江山信[5]美，終非吾土[6]，問何日是歸年？

【作者】

　　王惲（1227-1304），字仲謀，號秋澗，衛州汲縣（今屬河南）人。元代文學家、書法家。他是元好問的弟子，作文不蹈襲前人，在當時別具一格。著有《秋澗先生大全集》一百卷，現存小令四十一首。

【注釋】
①秋煙：秋天水面之上飄蕩的煙嵐霧氣。
②練：白色的絲絹。
③入手風光莫流轉：入手，到手，曲中指風光映入眼簾。流轉，流逝、失去。
④春風面：指女子嬌美的面容。
⑤信：確實。
⑥吾土：故土、家鄉。

【名句】

　　入手風光莫流轉。

【鑑賞】

　　這首曲子敘寫思鄉之情，題材雖屬常見，但視角獨特，手法新穎，讀來別致而動人。

　　開篇兩句描寫眼前風光。秋江如練，寧靜無波，江上煙靄迷濛，遠遠傳來採菱姑娘的笑語歡聲。意境迷離，風光旖旎，與北方風景迥異的南方風物深深吸引了詩人。自然接入下文，看著眼前的湖光山色，還有畫船上笑靨如花的姑娘，詩人不禁歡道，風光如此秀美怡人，人人都應流連欣賞，可

不要任其白白流逝啊。言語中，洋溢著詩人對美好風光的熱
愛、讚美之情。在這樣的時刻，詩人的心情也應該是歡樂、
滿足的吧？其實不然。結尾幾句完全沒有過渡的轉折，點明
瞭詩人真實的內心表達。眼前風光無限，卻不是我的故鄉；
無論異鄉多麼美好，吸引遊子心懷的，永遠是故鄉的人和土
地。在對比和回想中，詩人苦苦追問歸期，直接抒發深沉、
鬱結的思鄉之情。置身美景卻遙想故鄉，這種寫法可以概括
為「以樂景襯悲情」，烘托出了詩人濃烈的思鄉情懷。

【今譯】

秋色迷濛，對岸採菱人笑語頻傳，
湖波一片平靜恰如橫展的白絹。
風光怡人，莫要逝去呵，
人們都在流連，
畫船上，姑娘們的笑容格外嬌豔。
南方的風光真是秀美啊，
可這裡並不是我的故園，
誰知道我的歸期在何月何年？

滿庭芳　姚燧

天風①海濤，昔人曾此，酒聖詩豪②。
我到此閒登眺，日遠天高。
山接水茫茫渺渺，水連天隱隱迢迢③。
供吟笑④，功名事了⑤，不待老僧招。

【作者】

　　姚燧（1238-1313），字端甫，號牧庵，洛陽（今屬
河南）人。元代文學家。姚燧以散文著稱，散曲與盧摯齊
名，時稱「姚盧」，風格獨特，對散曲發展有一定的影響。
有《牧庵集》三十卷。現存小令二十九首。

【注釋】

①天風：風行天空，形容風勢很大。

②酒聖詩豪：酒聖，豪飲的人。詩豪，詩人中出類拔萃者。古代文
　人多以詩酒來寄寓人生志向和感慨，所以「酒聖詩豪」亦指豪傑
　志士。

③迢迢：形容路途遙遠。

④供吟笑：足可使自己吟詩歡樂了。

⑤了：結束。

【名句】

山接水茫茫渺渺，水連天隱隱迢迢。

【鑑賞】

　　這首散曲氣勢豪邁，境界遼闊，表達了詩人忘懷得失，在壯闊的自然風光中寄託身心的精神追求，是散曲創作中的佳作。

　　開篇筆力不凡，描寫海天長風吹卷波濤的壯闊景象，寫出了人在高處所看到所感到的宏大氣勢。這種氣勢，不僅是自然風景自身的，而且也是詩人胸中的氣象。只有胸懷廣闊，有高遠人生境界的人，才能與大自然的雄渾融為一體。詩人登高遠眺，自然聯想到古代的豪傑志士，想必也曾在此把酒臨風，抒發豪情壯志。以「昔人」引起對千百年來英雄人物和歷史風雲的回想，充滿歷史滄桑感。而「日遠天高」既是對自然實景的描寫，又隱隱蘊含抱負不能施展，才能得不到賞識的憂憤。然而，詩人的憤慨很快融化在水天相接的壯麗景象中。在飽游勝景之後，詩人大筆一揮，轉為議論，

希冀人們忘卻功名之事，徜徉於山水之間，開闊胸襟，陶冶情操。全曲也因此而提升了境界。這首曲從一開篇便奠定了豪邁開闊的基調，詩人的心胸隨著浩渺的山水而起伏變化，讓讀者明顯感受到他融身自然的忘我襟懷和十足豪氣。

【今譯】

　　高天長風，大海波濤，
　　昔日此地，曾有多少酒聖詩豪。
　　我閒來到此登臨遠眺，
　　感歎日遠天高。
　　只見山勢與水波相接蒼茫浩渺，
　　水面與天際相連萬裡迢迢。
　　這壯麗的風景只供吟詩談笑，
　　把功名之事忘卻了吧，
　　徜徉山水，無須等待老僧相邀。

醉高歌　姚燧

岸邊煙柳蒼蒼①，江上寒波漾漾。
陽關舊曲②低低唱，只恐行人斷腸③。

【注釋】
①蒼蒼：深青色。
②陽關舊曲：陽關，古關名，在今甘肅敦煌西南。舊曲，古曲有
　《陽關三疊》，取材自唐代王維名作《送元二使安西》，後以
　《陽關》泛指送別時唱的歌曲。
③斷腸：形容極度思念或悲痛。

【名句】────────────────

　　陽關舊曲低低唱，只恐行人斷腸。

【鑑賞】────────────────

　　此曲短小精煉，感情卻深厚而真切，體現了姚燧曲作婉
轉深情、音韻流暢的特色，為送別佳作。

　　開篇寫景。岸邊柳樹在迷濛霧氣中，顯出蒼茫翠色；江波隨風微微蕩漾，似乎滲透寒意。這裡用了兩個疊詞「蒼蒼」、「漾漾」，不露聲色地點染出迷茫朦朧的氣氛，為送別場景鋪設淒涼哀婉的背景。後兩句描寫送別場景。唱起古老的陽關曲，為即將遠行的友人送別；卻又擔心友人為離別感傷，不禁把聲音放低，輕輕吟唱。「低低唱」的原因是怕遠行人傷心，殊不知越是低聲，越是難以壓抑憂傷的離別之情。其實，「斷腸」的又豈止是行人啊，唱起陽關曲送別友人的詩人，胸中同樣離情百轉，別緒依依。這首小令敘寫離情別緒可謂纏綿深摯，耐人尋味。正由於雙方情感深厚，離別時才會出現千言萬語不知從何說起，只有低聲吟唱陽關曲的場景，可以說曲終而意未盡。

【今譯】━━━━━━━━━━━━━━━━━

　　岸邊，霧氣籠罩的柳林一片青蒼，
　　江上，透著寒氣的水波微微蕩漾。
　　臨別時把陽關古曲輕輕吟唱，
　　只怕聽得那遠行人痛斷肝腸。

蟾宮曲 西湖　奧敦周卿

西湖煙水①茫茫，百頃風潭②，十里荷香。
宜雨宜晴，宜西施淡抹濃妝③。
尾尾相銜畫舫，盡歡聲無日不笙簧④。
春暖花香，歲稔時康⑤。
真乃上有天堂，下有蘇杭。

【作者】─────────────────────

　　奧敦周卿，生卒年不詳，名希魯，字周卿，號竹庵。
元代詩人。曾任過河北河南道提刑按察司僉事、侍御史等官
職。曲作在當時很有名，現存小令二首。

【注釋】

①煙水：形容湖水浩渺如煙。

②百頃風潭：百頃，形容湖面廣闊。風潭，風吹湖面。

③宜西施淡抹濃妝：化用蘇軾《飲湖上初晴後雨》詩句「欲把西湖
　比西子，濃妝淡抹總相宜」，來形容西湖不管雨天晴日，風光都
　格外美麗。

④笙簧：指笙，曲中泛指樂器。

⑤歲稔時康：稔，指莊稼成熟、豐收。這句是說遇上了豐收年好
　時代。

【名句】

西湖煙水茫茫，百頃風潭，十里荷香。

【鑑賞】

此曲描寫西湖風光，文辭典雅，韻味平和，為元初「文
採派」的代表作品。

詩人來到江南，對西湖茫茫煙水、十里荷香的景致備感
新奇，讚賞之情溢於言表。起首幾句對西湖做了整體描繪。
西湖比起一般的湖泊要大得多，也深得多，霧氣迷濛時極有
煙波浩渺的風致。而水中的荷花隨風搖曳綻放，香氣彌漫，
更是西湖極有特色的景致。接著，詩人化用蘇軾的詩句，感
歎西湖無論是晴天還是雨天，都像西子一樣美麗迷人。在這
秀麗的風景中，一些富貴人家的遊船，尾尾相連，遊船上笙
歌笑語不斷，著意渲染了太平盛世的祥和景象。結尾幾句抒
發感情，寄情於景，情景交融。奧敦周卿是以達官貴人的身
分遊覽西湖的，其感受與普通百姓不同。不難看出作為開國
官員，詩人在竭力營造歌舞昇平的氛圍，又是春天，又是豐

年，又是天堂，又是蘇杭，極盡欣賞、讚美之辭。詩人對西湖風光、對盛世華年的喜愛之情躍然紙上；當然，也反映出士大夫階層的思想局限。

【今譯】────────────────

　　西湖上霧氣迷濛，水波浩茫，
　　風吹在廣闊的湖面上，
　　十里之內彌漫著荷花的清香。
　　下雨也好，晴天也好，
　　美麗的西湖總像西子一樣嫵媚漂亮。
　　遊船一尾尾相接，
　　到處都是歡聲笑語，笙歌蕩漾。
　　春風和煦，花兒飄香，
　　農桑豐收，國家安康。
　　這可真是上有天堂，下有蘇杭。

節節高
題洞庭鹿角①廟壁　　盧摯

雨晴雲散，滿江明月。
風微浪息，扁舟②一葉。
半夜心，三生③夢，
萬裡別，悶倚篷窗④睡些。

【作者】

　　盧摯（1242-1315？），字處道，號疏齋，涿郡（今河北涿州）人，元代散曲家。二十歲左右成為元世祖忽必烈的侍從近臣，後多次出任地方官。盧摯舊學深厚，詩文負有盛名，散曲與姚燧齊名，為元初北散曲的代表人物，對散曲的發展有較大影響。有《疏齋集》，今存小令一百二十首。

【注釋】
①鹿角：即鹿角鎮，位於湖南嶽陽南洞庭湖畔。
②扁舟：小船。
③三生：佛教用語，指前生、今生、來生。
④篷窗：船窗。

【名句】

　　雨晴雲散，滿江明月。風微浪息，扁舟一葉。

【鑑賞】

　　這首小令在自然中透著淡遠，在明麗中流露憂傷，以簡潔、和暢的語言寫出了詩人內心的孤寂與慨歎。

　　此曲寫於詩人外放湖南赴任途中，沿長江而上進入洞庭湖。開篇四句描繪洞庭湖風光。一路陰雨綿綿，此時天光放晴，雲開月明。八百里洞庭雲煙浩渺，沐浴著月之清華。風來浪湧，湖面上詩人的一葉扁舟微微飄蕩。景致清麗靜謐，極有天地澄澈的意境，反襯出下文詩人獨對明月而心潮起伏的情狀。接下來幾句連用三個與數字有關的字"半"、"三"和"萬"，形成一種有張力的藝術效果。試想，半夜時分，夜深人靜，天地似乎都酣然入夢；唯獨詩人心潮起伏，百感交集。回想起自己的生平過往，又禁不住遙想未來，不知道人生之路將會走向何方，真有人生如夢的感覺。而此時愈行愈遠，與故鄉、親人相隔千萬裡，內心的孤獨和淒涼油然而生。孤獨地漂泊在旅途中，種種難以排解的憂思愁緒襲上心頭，詩人能做的，就是鬱悶地倚靠在篷窗上，希望儘快入夢，得以忘卻憂傷。雖然是明月滿江，內心卻沒有多少溫暖，寫出詩人無盡的憂傷與感歎。

【今譯】━━━━━━━━━━━━━━━━━━━━━━━

　　雨後天晴，雲消霧散，
　　湖上升起一輪明月。
　　風平了，浪靜了，
　　一葉扁舟停靠在湖畔。
　　夜半時分我心潮起伏，輾轉不眠，
　　過往人生、未來前程都在腦海閃現，
　　更難熬同家鄉親人的萬裡相別，
　　只好鬱悶地倚著篷窗，短暫休憩。

沉醉東風 閒居 　盧摯

恰離了綠水青山那答^①，早來到竹籬茅舍人家。
野花路畔開，村酒槽頭榨^②，直吃的欠欠答答^③。
醉了山童不勸咱，白髮上黃花亂插。

【注釋】
①那答：元代俗語，即那裡、那邊。
②槽頭榨：槽頭，給牲畜餵飼料的地方，曲中指榨酒用的木槽。
　榨，把物體裡的汁液壓擠出來，如榨油、榨酒。
③欠欠答答：元代俗語，即迷迷糊糊、跌跌撞撞。

【名句】

　　恰離了綠水青山那答，早來到竹籬茅舍人家。

【鑑賞】

　　此曲描繪了一幅絕妙的鄉村生活圖，所描寫的生活場景
自然悠閒，細節真實動人，表達的情感樸實無華，在元曲中
頗有代表性。

　　開篇兩句寫詩人離開青山綠水的野外，信步閒遊，來
到竹籬茅舍的村莊。以「恰」、「早」表明時間上的緊密
關聯，也寫出詩人嚮往村野美景的急切心態。接句寫一路所
見：路邊野花開放，五彩繽紛；村邊小酒店正在榨酒，酒

從槽頭流出，香氣四溢。於是，詩人忍不住
開懷暢飲，直喝得迷迷糊糊，走路也開始跌
跌撞撞。這景致、這情狀描摹得格外生動，
散發著純樸的鄉村生活氣息。末兩句緊承上
文，繼續描摹詩人的醉態。他喝得大醉，村
童也不去勸慰，任由他採摘路邊的菊花，胡
亂插在白髮上。多麼無拘無束的生活，多麼
自由自在的心靈，也許這才是詩人嚮往和追
求的理想生活。全曲並沒有直接抒情，卻寓
情於景，巧妙地表達了作者的思想感情。

【今譯】

剛剛離開那綠水青山的地方，
又快步來到竹籬茅舍旁的人家。
路邊野花迎風綻放，
村店榨酒沒有閒暇，
引誘我直喝得醉眼昏花。
醉了跟隨的村童也不相勸，
任由我胡亂將黃花插上白髮。

山坡羊　　陳草庵

伏低伏弱①，裝呆裝落②，
是非猶自來著莫③。
任從他，待如何？
天公尚有妨農過④，
蠶怕雨寒苗怕火⑤。
陰，也是錯；
晴，也是錯。

【作者】

　　陳草庵（1245-1320？），名英，字彥卿，號草庵，析津（今北京）人。他的散曲多憤世嫉俗之作，現存小令二十六首。

【注釋】
①伏低伏弱：即服低服弱。伏，同「服」，承認之意。
②裝呆裝落：即事事裝傻，處處甘為人後之意。
③著莫：元代俗語，沾惹、糾纏之意。
④妨農過：妨害農桑的過錯。
⑤蠶怕雨寒苗怕火：春夏之交，蠶怕下雨天寒，禾苗又怕驕陽似火。

【名句】

　　天公尚有妨農過，蠶怕雨寒苗怕火。

【鑑賞】

　　元代，文人的社會地位相對較低，這就鑄就了元曲最大的特點：在詼諧幽默的語言形式下，暗藏著對社會的批判、嘲諷，對個人命運的不滿、反抗。這首小令正是其中的代表作品。

　　開篇即慨歎世事的不公與艱難，以諷刺的口吻抒發強烈的憂憤之情。無論怎樣服輸服弱，裝傻充愣，事事處處不與人爭、甘為人後都無濟於事。即使用如此委曲求全的極低姿態處世，糾紛是非甚至災難仍難以避免。這真是可悲的世道啊。索性放開懷抱，就任憑他們擺佈吧，我行我素，看看又

能如何？看似灑脫無懼，實則是悲憤已極的無奈之語。緊接著詩人以幽默的口吻敘寫「天公」的遭遇。老天行事本來是沒有對錯的，但是因為蠶害怕下雨受寒，秧苗害怕乾旱，所以無論是陰是晴都會招來人們的不滿。這種處境與文人的際遇何其相似。以「天公」作比，用自嘲的口吻形象地揭示了文人的現實處境，表達了詩人對社會現實的憂憤不滿。曲中運用象徵和暗喻的修辭手法，寓情於景，敘議結合，有力地表達了作者的思想感情，收到了顯著的藝術效果。

【今譯】

在人前服低服弱，裝傻充小，
是非之事還是要來糾纏、沾惹。
隨他去吧，我行我素，又能如何？
老天還會有妨害農桑的過錯，
君不見春夏之交，
蠶怕下雨天寒，苗怕驕陽似火。
這老天，左右不是：
陰，也是錯；
晴，也是錯。

壽陽曲 答盧疏齋① 朱簾秀

山無數，煙萬縷，
憔悴煞玉堂人物②。
倚篷窗一身兒活受苦，
恨不得隨大江東去。

【作者】────────────────

朱簾秀，即珠簾秀，生卒年不詳，元代著名的雜劇演員，亦能作散曲，與關漢卿、盧摯等常有詞曲唱和。現存小令一首。

【注釋】
①盧疏齋：即盧摯，他曾寫《壽陽曲‧別珠簾秀》。
②玉堂人物：玉堂，豪華的府第，宋代後亦指稱翰林院。玉堂人物，因盧摯做過翰林學士，故稱。

【名句】────────────────

倚篷窗一身兒活受苦，恨不得隨大江東去。

【鑑賞】

　　這首小令是作者告別友人的贈答詩，短小精煉，情感真摯，讀後給人留下深刻的印象。

　　開篇寫景，點出自己將乘舟遠去，從此同友人相隔千山萬水，很難相見。看似寫景，這當中卻寄寓了深摯的離情，為下文作了鋪墊。緊接著由景寫到人，描摹送別之人的淒涼情狀，也襯托出自己的感傷憂怨。「憔悴煞」三字筆力蒼勁，既形象地表現了盧摯對自己的一往情深，也道出別離的淒苦使兩人都身心憔悴。末兩句繼續刻畫人物，重點揭示人物的內心世界。一邊是詩人自己獨依篷窗，想到此一行孤身遠去，不知何處是歸宿，心中湧起無限淒涼，真可謂「活受苦」；一邊是送別的友人，他內心同樣惆悵，難以割捨的離情使得他恨不能隨大江東去。全曲語言質樸，節奏明快，感情濃烈，很值得玩味。

【今譯】

　　山巒重重綿延不斷，
　　煙霧縷縷四下彌漫，
　　你憔悴憂愁的面容就在眼前。
　　我獨自倚著船窗，心中悲情無限，
　　你滿懷惆悵，恨不得隨著大江東去。

天淨沙 秋思① 　馬致遠

枯藤老樹昏鴉②，小橋流水人家，
古道③西風瘦馬。
夕陽西下，斷腸人④在天涯。

【作者】

馬致遠（1250？-1324？），字千里，號東籬，大都（今北京）人。元代著名的劇作家、散曲家，與關漢卿、白樸、鄭光祖並稱為「元曲四大家」。曾做過江浙省務提舉，晚年隱居西湖。所作雜劇大約有十五種，現存《漢宮秋》等七種。有《東籬樂府》一卷，現存小令一百零四首。

【注釋】
①秋思：秋天的思緒，常含悲涼、哀婉之情。
②昏鴉：黃昏時歸巢的烏鴉。
③古道：古老而荒涼的驛道。
④斷腸人：指滿腹憂傷的遊子。

【名句】

夕陽西下，斷腸人在天涯。

【鑑賞】

這首小令被譽為「秋思之祖」，是描寫秋思的千古絕唱。詩人以低沉的格調、生動的筆觸，為我們描繪了一幅蒼涼的秋日行旅圖，表露了遊子憂鬱的情懷。

起首兩句寫黃昏秋景。路旁千年老樹有枯藤纏繞，歸巢的烏鴉停駐其上；小河潺潺流淌，遠處有孤零零的小橋和稀稀落落的幾戶人家。這兩句純粹以名詞成章，卻營造出獨特而豐富的意象。自然物象一一連綴，展現出沉鬱、蒼涼的意境，可謂曲中有畫，而畫面後觀景的遊子也呼之欲出。自然

接入下句，漂泊天涯的遊子騎一匹瘦馬，迎著獵獵西風，獨自走在荒涼的古道上。遊子悲涼的心境使眼前風物都沾染上蕭索的氣息；而黃昏蒼茫的景致，無疑讓天涯漂泊、萬裡思歸的遊子悲從中來。景中有人，景中有情，將無形無色的秋思融注於可觀可感的景致中，蒼涼悲切之處，令人淚下。結尾句既為前文提供了背景，也點出遊子遠眺的視角。殘陽籠罩，加重了畫面中彌漫的低沉蕭索的氣息；「斷腸人」情辭哀婉，寫詩人因思鄉而憂愁潦倒；「天涯」既寫遊子離鄉日遠，也營造出廣闊的時空之感，尺幅之中別有天地。這首曲選取了夕陽下的一個小場景，卻成為遊子困頓天涯的縮影，極富國畫的淡遠疏朗之氣，具有動人心魄的力量。

【今譯】

　　枯萎的葛藤、千年的老樹、黃昏中的烏鴉，
　　孤獨的小橋、淙淙的流水、稀稀落落的人家，
　　荒涼的小道、蕭瑟的西風、疲憊的瘦馬。
　　太陽眼看就要落山了，
　　滿腹憂傷的漂泊者依然浪跡天涯。

四塊玉 紫芝路① 馬致遠

雁北飛，人北望，
拋閃煞明妃②也漢君王。
小單于把盞呀剌剌唱③。
青草畔有收酪牛④，
黑河邊有扇尾羊⑤，
他只是思故鄉。

【注釋】
①紫芝路：馬致遠雜劇《漢宮秋》，寫王昭君出塞的故事，此曲即
　以此為題材。
②拋閃煞明妃：拋閃，元代俗語，即拋棄。明妃，指王昭君。
③小單于把盞呀剌剌唱：單于，漢代匈奴君王的稱號。把盞，飲
　酒。剌剌唱，形容唱歌時情緒和聲音都很高昂。
④收酪牛：能收乳酪的牛，即奶牛。
⑤黑河邊有扇尾羊：黑河，又稱大黑河，黃河上游支流，在今內蒙
　古河套地區。扇尾羊，尾巴呈扇狀的綿羊。

【名句】

青草畔有收酪牛，黑河邊有扇尾羊。

【鑑賞】

昭君出塞的故事，一直是文人們樂於吟詠的題材，多表達她的思鄉之情，讚美她的勇敢和智慧。這首小令也不例外。

開篇幾句寫景寄情，描寫昭君出塞時的情景。大雁行行向北飛去，而昭君也隨之北去，離家鄉故國越來越遠。送行的人們翹首北望，漸漸望不到遠行人的身影。既寫昭君去國離鄉茫然無措的複雜心情，也寫出漢朝君王悔恨交加的情狀。詩人的想像力和語言運用都很出色，寥寥幾筆不僅烘托出昭君出塞時的悲涼氣氛，也刻畫出人物複雜的心態，令人回味。接下來幾句詩人描繪了另一個場景，與前篇形成了鮮明的對照。小單于面對昭君不禁開懷暢飲，還唱起熱辣辣的胡歌。遼闊的草原上奶牛成群，黑河邊放牧著扇尾羊。一幅優美生動的民族風情畫卷呈現在讀者面前，直觀而形象，彷彿能看到邊塞游牧民族粗獷豪放的生活。然而，這一切都可謂末句的鋪墊。在昭君看來，塞外縱有千般好，也絲毫不能割斷和代替她思念故鄉的情懷。「他只是思故鄉」一語千鈞，畫龍點睛，將昭君苦苦思鄉的悲情表現得淋漓盡致。這也正是《漢宮秋》主題的縮影，從中也反映出詩人所處時代的局限。

【今譯】

大雁結隊飛向北方，
送別的人啊翹首北望，
就是那拋棄你的漢朝的君王。
小單于開懷暢飲，熱辣辣的胡曲放聲唱。
茫茫草原上奶牛成群，
浩浩黑河邊撒滿扇尾羊，
她只是日夜思念著遠在中原的故鄉。

壽陽曲 遠浦歸帆 馬致遠

夕陽下，酒旆^①閒，兩三航未曾著岸^②。
落花水香茅舍晚，斷橋^③頭賣魚人散。

【注釋】
①酒旆：即酒旗。
②兩三航未曾著岸：航，指船。著岸，靠岸。
③斷橋：本名寶佑橋，在浙江杭州白堤之上，自唐以來已有此名。
　曲中應非確指。

【名句】

落花水香茅舍晚，斷橋頭賣魚人散。

【鑑賞】

　　此曲以輕快明朗的筆觸描寫了夕陽江村秀麗、寧靜的景象，展現了悠閒、自在的漁民生活，別有一種味道。

　　開篇幾句寫景，也寄寓了作者對漁家生活的讚美之情，表露了淡泊、閒適的心態。可以想像詩人站在岸邊，遙望著遠方的歸帆。這時，夕陽正寧靜地照在江面上，展現出一片溫暖的黃昏色調；酒旗在微風中招展，兩三艘航船正向岸邊駛來。這是一幅多麼秀美的遠浦歸帆圖，其中自然融入了詩人對江村生活的熱愛和體驗。接下來，詩人選取了兩個場景，重點描述。接句寫近景：斜陽茅舍，晚煙嬝嬝；落花瓣瓣，香氣依依。這一句寫得頗有情趣，把風景寫活了，也映照出詩人內心的恬靜。結尾句則渲染了由動到靜的畫面：這裡是漁村集市，原本很熱鬧，但黃昏時分，隨著「賣魚人散」，橋頭漸漸地安靜下來。動歸於靜，與前句相呼應。這便是江村生活的基調，安閒靜謐，與世無爭，有著清淡而悠遠的意境，反映出作者對於寧靜自在生活的嚮往。

【今譯】

　　夕陽西下，酒旗悠閒，
　　兩三隻漁船還沒有靠岸。
　　落花染香了溪水，茅舍迎來傍晚，
　　斷橋橋頭，賣魚的人都已走散。

後庭花 趙孟頫

清溪一葉舟，芙蓉①兩岸秋。
採菱誰家女，歌聲起暮鷗②。
亂雲愁，滿頭風雨，戴荷葉歸去休③。

【作者】━━━━━━━━━━━━━━━━

　　趙孟頫（1254-1322），字子昂，號松雪道人，吳興（今浙江湖州）人。著名書畫家、詩人。為宋朝宗室，宋亡後出仕元朝，心中苦悶矛盾，常思辭官歸隱。他的詩文風格清幽奇逸，書畫自成一體，世稱「趙體」。有《松雪齋文集》，現存小令二首。

【注釋】
①芙蓉：即荷花。
②歌聲起暮鷗：這句是說清越悠揚的歌聲驚起了黃昏時已棲息的鷗鳥。
③休：語尾助詞。

【名句】━━━━━━━━━━━━━━━━

　　清溪一葉舟，芙蓉兩岸秋。

【鑑賞】

　　這首小令以生動細膩的筆觸，描繪出一幅靈秀清逸的少女採菱圖，場景真切動人，韻味深長。

　　開篇兩句寫景：清澈的溪水中蕩出一葉小舟，兩岸荷花盛開，好一派朦朧的秋景。接句敘寫人物：是誰家的姑娘來採菱，她們唱著歡樂的歌，悠揚的歌聲驚動了向晚棲息的鷗鳥。你看，詩人寥寥幾筆為我們勾畫了一幅動靜相宜的畫面，活潑可愛的採菱姑娘呼之欲出。末尾幾句筆鋒陡轉：只見天空中亂雲飛渡，頃刻間風雨撲面而來，水天茫茫一色。可採菱女並不驚慌，她們摘了荷葉，頂在頭上，打槳歸去。這一情節看似平常，卻別有情趣，既真實地反映了採菱女的生活勞動場景，也隱含了作者厭倦官場、企盼歸去的感情寄託。這首小令曲中有畫，畫中有情，格調清新，意境優美，正如同趙孟頫的山水畫，自有其獨到之處。

【今譯】

　　　清清的溪水上蕩出一葉小舟，
　　　盛開的荷花妝點著兩岸的金秋。
　　　不知是誰家的採菱姑娘，
　　　歌聲悠揚，暮色中驚起一群水鷗。
　　　但見那亂雲飛渡，
　　　傾刻間風雨落滿頭，
　　　採菱女頭頂荷葉，打槳歸去呦。

鸚鵡曲 農夫渴雨① 馮子振

年年牛背扶犁住②，近日最懊惱殺③農父。
稻苗肥恰待抽花④，渴煞青天雷雨。
〔么〕恨殘霞⑤不近人情，截斷玉虹⑥南去。
望人間三尺甘霖⑦，看一片閒雲起處。

【作者】

　　馮子振（1257-1348），字海粟，自號怪怪道人，攸州（今湖南攸縣）人。元代詩人。博學多才，擅詩文，工散曲，長於草書。所作散曲小令多豪放瀟灑。有《海粟集》，現存小令四十四首。

【注釋】
①渴雨：渴望下雨。
②扶犁住：扶犁，把犁。住，過活、生活。
③懊惱殺：非常煩惱的意思。殺，同「煞」。
④恰待抽花：恰待，元代俗語，正逢、正要。抽花，指禾苗揚花抽穗。
⑤恨殘霞：農諺有雲「早霞不出門，晚霞行千里」，可見晚霞是明日天晴的預兆，所以才會「恨」其不近人情。
⑥玉虹，指色彩絢麗的長虹，在雨後才會出現。
⑦甘霖：乾旱時下的及時雨。

【名句】

　　望人間三尺甘霖，看一片閒雲起處。

【鑑賞】

　　這是一首直接反映農家生活和農民情感的小令，多用口語，直抒胸臆，把農民盼雨的急切心情生動形象地表現出來了。

　　開篇即點題。靠天吃飯的農夫年年都辛苦地扶犁勞作，只盼望風調雨順，能有個好年景。可這些日子以來人們卻又急又惱，原來是稻苗長勢喜人，正要揚花抽穗，可天公卻不肯下雨，只怕這一年來的辛勞都要付之東流。作者站在農夫的角度，以他們的口吻，表述了農家的艱辛和企盼。一句「懊惱殺」，農夫們盼望下雨的急切心態和焦慮神情躍然紙上。〔么〕篇直指天公無情，情感表達同前文形成了鮮明的對比。農夫越是盼望著下雨，天公卻越是故意作對似的，傍晚的殘霞預示著又一個晴天，象徵降雨的彩虹被截斷了，使農夫由渴望一下子跌落到絕望。末兩句，詩人作了總結性的對比：一面是苦苦企盼人間降下三尺甘霖，緩解旱情；一面是閒雲飄逸，天公不遂人願。以對比的手法展示農夫的渴望和嚴酷現實之間的矛盾，用語自然，情感真切。

【今譯】 ━━━━━━━━━━━━━━━━━

　　年年跟著牛背把犁過活，
　　近日來卻變得憂煩焦慮。
　　田間稻苗正逢揚花抽穗的時候，
　　急切地企盼天公降一場雷雨。
　　恨只恨晚霞不懂得人情世故，
　　阻斷了彩虹，帶著雨水南去。
　　多麼渴望人間能落下三尺甘霖，
　　不料想看到的仍是一片閒雲升起。

折桂令 過多景樓①　周文質

滔滔春水東流，天闊雲閒，樹渺禽幽。
山遠橫眉②，波平消雪，月缺沉鈎③。
桃蕊紅妝渡口，梨花白點江頭。
何處離愁？人別層樓④，我宿孤舟。

【作者】

　　周文質（？-1334），字仲彬，建德（今屬浙江）人，後移居杭州。元代散曲家、戲劇家。著有雜劇四種，僅《蘇武還鄉》殘曲傳世。散曲風格沉抑悲鬱，今存小令四十三首。

【注釋】
①多景樓：樓名，在今江蘇鎮江北固山甘露寺。
②山遠橫眉：形容遠山如黛青色的眉峰。
③月缺沉鈎：是說彎月倒映水面，好像彎鈎沉水一樣。
④層樓：高樓。

【名句】

　　桃蕊紅妝渡口，梨花白點江頭。

【鑑賞】

　　此曲敘寫深切的離別之情，用詞練達、講究，在有限的詩句內表現了豐富的內涵。

　　開篇幾句從狀景入手，烘托出一幅悠遠淒清的畫面：江水奔流東去，天高雲淡，樹影朦朧，禽鳥幽靜。這幾句句式也很有特點，多用主謂句式，如「天閣雲閒」、「樹渺禽幽」，讀起來稍有拗口的感覺，但蘊含的內涵卻更為豐富。接下來三句則運用鼎足對和暗喻的手法，形象地描繪出了「山遠」、「波平」、「月缺」的景致，給讀者留下想像的空間。這種句式也是很獨特的。「桃蕊紅妝渡口，梨花白點江頭」兩句則重點描述了渡口和江頭的風光，以「紅」和「白」作主語，朗讀時斷句應該在這兩字之後，形成詩歌節奏的變化，讓顏色從整個畫面中突顯出來。末尾幾句由景到人，直抒情懷，寫出了與友人別離，從此天各一方的苦痛。結尾句用設問句點明主題：離愁在哪裡？就在「層樓」，在「孤舟」。「離愁」與「風景」情景交融，讓讀者在閱讀中感受到濃烈的離愁別緒。可以說，運用拗句表達內心沉鬱、痛苦的感情，這首小令是非常成功的。

滔滔的江水向東奔流，
長天寥闊，淡雲飄浮，
樹影朦朧，飛禽靜幽。
遙望遠山宛如橫臥的黛眉，
水波平緩恰似消融的白雪，
月兒殘缺彷彿將要沉落的彎鉤。
桃花紅豔裝扮了蕭條的渡口，
梨花雪白點綴著清冷的江頭。
離別的哀愁究竟在哪裡？
恐怕就在與友人分別的高樓，
就在我獨自漂泊的孤舟。

折桂令 題金山寺① 趙禹圭

長江浩浩西來，水面雲山②，山上樓臺。
山水相輝，樓臺相映，天與安排③。
詩句就雲山動色④，酒杯傾天地忘懷⑤。
醉眼睜開，遙望蓬萊：一半煙遮，一半雲埋。

【作者】

趙禹圭，生卒年不詳，字天錫，汴梁（今河南開封）人。元代劇作家。其雜劇作品在當時很有影響，可惜皆已散失。現存小令七首。

【注釋】
①金山寺：在江蘇鎮江西北的金山上，始建於東晉時，原名澤心寺，唐起稱金山寺。
②水面雲山：形容金山從江中拔地而起，高聳入雲。
③天與安排：上天給安排好的。
④動色：表情發生變化，指被感動。
⑤忘懷：忘記，不放在心上。

【名句】

詩句就雲山動色，酒杯傾天地忘懷。

【鑑賞】

鎮江金山寺是著名的歷史古跡，以其壯美的自然風光，吸引著古往今來的文人騷客。此曲描寫遠眺金山寺所見到的壯麗景致，詩人的豪情壯志通過山水氣象得到盡情抒發，是一首氣勢豪邁的寫景佳作。

開篇寫長江浩蕩而來，雲山從水面突起，而樓臺又在雲山之上。水、雲、山、樓交相輝映，彼此襯托，氣象萬千，真不愧是「天與安排」。這幾句描寫前後承接，環環相扣，渾然一體，暢快淋漓，既寫出了金山寺氣勢不凡的背景，又具體表現了它的壯麗和雄奇。中間一聯「詩句就雲山動色，

酒杯傾天地忘懷」，運用對仗手法描述了詩人沉醉於如此勝
景中的狂態與豪情。他暢飲賦詩，詩成後連遠山也為之動
容；他酒灑天地，彷彿置身於縹緲的仙境，忘記了塵世的一
切。足見詩人的心胸已達到忘物忘我、與天地合一的境界。
正是有了這種境界，此曲才如同泉湧般自然流淌，不見任何
斧鑿的痕跡。結尾幾句寫詩人醉眼朦朧中看到的景象：眼前
的金山若隱若現，一半被煙嵐籠罩，一半被雲霧埋沒，亭臺
樓閣在煙雲之中浮動，那景象簡直就是蓬萊仙境。詩人顯然
沉醉於金山寺的勝景之中，思緒迭宕，令讀者也隨之一起遐
想，一起忘情。

【今譯】

　　　長江水浩浩蕩蕩從西面湧來，
　　　水面上矗起雲霧繚繞的高山，
　　　雲山上分佈著座座樓臺。
　　　山水、樓臺相映成輝，
　　　真是上天賜予的巧妙安排。
　　　暢飲賦詩雲山也為之動容，
　　　酒灑天地榮辱得失全都忘懷。
　　　睜開迷醉的雙眼，
　　　遙望那遠處的蓬萊：
　　　一半被霧氣遮擋，
　　　一半被雲靄掩埋。

醉中天 西湖春感 劉時中

花木相思樹①，禽鳥折枝②圖。
水底雙雙比目魚③，岸上鴛鴦戶。
一步步金鑲翠鋪④。
世間好處，休沒尋思⑤，典賣⑥了西湖。

【作者】

　　劉時中（1258？-1335？），名致，號逋齋，石州寧鄉（今山西中陽）人。元代散曲家，曾任翰林待制、浙江行省都事等職。他擅以政事入散曲，擴大了散曲的題材。現存小令七十四首。

【注釋】
①相思樹：即連理樹，本指異根而同枝之樹。曲中形容花卉林木相
　　互偎依簇擁，遠遠望去也有連理的感覺。
②折枝：古代的一種花卉畫技法，不帶根而繪花，形同折枝，故名。
③比目魚：《爾雅》記載，東方有比目魚，一向是結伴同遊。曲中
　　形容游魚成群，看上去彷彿結對成伴一樣。
④金鑲翠鋪：黃金鑲邊，翠玉鋪成，形容杭州城的富麗繁華。
⑤尋思：思索，考慮。
⑥典賣：典租出賣。

【名句】

　　花木相思樹，禽鳥折枝圖。

【鑑賞】

　　西湖風光秀麗、迷人，元曲中歌詠西湖的作品不少，各具風韻，此曲是其中不落常套的一首。

　　開篇寫西湖岸邊的花木、禽鳥。鮮花和綠樹相互簇擁，彷彿相思樹一樣枝蔓相連；禽鳥和花卉彼此映襯，構成一幅意趣盎然的「折枝圖」，美麗而富有生機。接句寫詩人沿著西湖漫步，只見水中的魚兒成群結對，相互嬉戲；岸上的

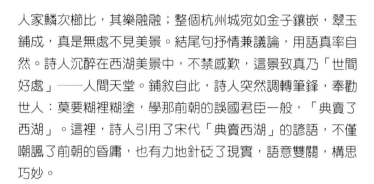

人家鱗次櫛比，其樂融融；整個杭州城宛如金子鑲嵌，翠玉鋪成，真是無處不見美景。結尾句抒情兼議論，用語真率自然。詩人沉醉在西湖美景中，不禁感歎，這景致真乃「世間好處」——人間天堂。鋪敘自此，詩人突然調轉筆鋒，奉勸世人：莫要糊裡糊塗，學那前朝的誤國君臣一般，「典賣了西湖」。這裡，詩人引用了宋代「典賣西湖」的諺語，不僅嘲諷了前朝的昏庸，也有力地針砭了現實，語意雙關，構思巧妙。

【今譯】───────────────────

　　花木依偎，彷彿枝蔓連接的相思樹，
　　飛鳥和花卉相映，構成一幅瑰麗的畫圖。
　　湖水清澈，一雙雙魚兒在水底嬉戲，
　　岸上是其樂融融的人家住戶。
　　杭州城每一步都好像金子鑲嵌、翠玉鋪就。
　　好一個人間天堂，
　　勸世人莫要糊裡糊塗，
　　學那前朝昏官典賣了西湖。

殿前歡 對菊自歎 張養浩

可憐秋，一簾疏雨暗西樓。
黃花零落重陽後①，減盡風流。
對黃花人自羞，花依舊，人比黃花瘦②。
問花不語③，花替人愁。

【作者】

張養浩（1269-1329），字希孟，號雲莊，濟南（今屬
山東）人。元代散曲家。官至翰林直學士、禮部尚書，為官清
廉。散曲作品題材多樣，風格豪邁俊逸。有《歸田類稿》、
散曲集《雲莊休居自適小樂府》等，現存小令一六二首。

【注釋】
①黃花零落重陽後：黃花零落，指菊花凋落殆盡。重陽，每年的九
　月初九為重陽節，有登高賞菊的習俗。
②人比黃花瘦：化用宋代李清照《醉花陰·重陽》「簾卷西風，人
　比黃花瘦」句，形容人因心情不好而形容憔悴，彷彿比凋落的菊
　花還要消瘦。
③問花不語：語出宋代歐陽修《蝶戀花》「淚眼問花花不語」句。

【名句】

問花不語，花替人愁。

【鑑賞】

　　菊花開放在漸趨寒冷的秋天，傲骨淩霜，色彩絢爛，給人獨特的審美感受，也象徵文人高潔的精神品格。詩人此曲所要描寫的卻不是菊的高潔，而是以菊花凋殘的憔悴模樣自比，抒發懷才不遇、年華漸老的悲涼心情，讀來意味深長。

　　開篇兩句寫自然環境。時節到了深秋，又逢陰雨連綿，天色暗淡，連西樓都朦朧不見，好一個淒然的秋節。以「暗」字營造蕭瑟淒迷的氣氛，既與季節特徵吻合，也暗寫了詩人的心境。接句寫菊花。重陽節過後，菊花在蕭瑟秋風中搖曳，日日瘦損枯萎，往日的風流姿態早已不再。抒發惜花之情，引起下文借花憐己之意。詩人面對零落的菊花，不禁以物擬我，自覺比菊花還要羞愧三分。花雖然瘦損殘敗，顏色卻一如既往，可是人卻比黃花還要消瘦憔悴，又有什麼資格來憐惜它呢？借用前人名句，表達滿腹不可言說的心事，留下伏筆，引發讀者遐想。末尾一句用擬人的手法把菊花寫活了，而其中蘊含的情致卻更纏綿哀痛。詩人引菊花為知己，不由得向它訴說心中憂鬱。菊花在風中搖曳生姿，無語卻似有情，彷彿能理解詩人內心的憂愁。全曲將人與菊花對照描寫，形象生動，感情真摯，讀罷令人回味無窮。

【今譯】━━━━━━━━━━━━━

好一個令人憐愛的深秋，
細雨霏霏遮暗了西樓。
菊花凋零，已是重陽節過後，
自然界褪去了昔日的風流。
面對黃花，我自慚形穢，
花落了依舊鮮豔，
人卻比黃花還要消瘦。
我滿懷憂鬱問花，花沉默不語，
恐怕是正替人憂愁。

朝天子　張養浩

柳堤，竹溪，日影篩金翠①。
杖藜徐步近釣磯②，看鷗鷺閒遊戲。
農父漁翁，貪營活計③，不知他在圖畫裡。
對這般景致，坐的④，便無酒也令人醉。

【注釋】
①日影篩金翠：形容日光透過樹蔭灑下斑斑點點的光影。
②杖藜徐步近釣磯：杖藜，指拄著藜杖。徐步，形容步伐緩慢。釣磯，指水邊可供釣魚的岩石、石灘。
③貪營活計：忙著手中的活計。
④坐的：元代俗語，意即坐下來。

【名句】

杖藜徐步近釣磯，看鷗鷺閒遊戲。

【鑑賞】

　　這是一首記游曲，完全採用白描手法，無論節奏還是用語都十分口語化，充分體現了元曲活潑、自然的特點，讀來十分親切。

　　開篇寫景：柳影、竹林、溪水，陽光明媚，景色怡人。詩人拄杖漫步到溪邊，靜靜地觀看水鳥嬉戲。好一幅閒適、淡雅的鄉村生活畫面，被詩人寥寥幾筆勾勒出來了。以一

個「篩」字，寫活了日影斑斑點點的情景，為這淡雅的畫面增添了靈動的氣息。接句寫人：農夫漁翁正在田間、水上緊張地勞作，或耕耘，或撒網，忙於活計。他們並不知道自己生活在圖畫裡，更不知道這畫面因有他們的點綴而更加生動鮮活、生機勃勃。曲中詩人為眼前的美景所陶醉，仍不忘對勞動者寄予同情，憐惜他們為生活所迫，竟沒有閒心來欣賞這景致。結尾詩人直抒情懷，充分表達了對鄉村生活的嚮往和讚美之情。這三句最有味道，不像詩的語言，因為直白如話；卻又是最純粹的詩的語言，因為真實。元曲貼近生活的特色，由此可見一斑。

【今譯】————————————————————

翠柳環繞的長堤，
竹林覆岸的小溪，
陽光透過樹蔭灑下斑駁的金曦。
拄著藜杖緩步走上釣魚的石磯，
欣賞一群群水鳥悠閒地嬉戲。
看那農夫漁翁，
田裡勞作，水上捕魚，正忙於生計，
他們並不知道自己生活在圖畫裡。
面對著這樣的景致，
我靜靜地坐下，
即使沒有美酒相伴也叫人沉醉不已。

山坡羊 潼關①懷古　張養浩

峰巒如聚，波濤如怒②，
山河表裡潼關路③。
望西都④，意躊躕⑤。
傷心秦漢經行處⑥，
宮闕萬間都做了土。
興，百姓苦；亡，百姓苦！

【注釋】

①潼關：關隘名，故址在今陝西潼關東南，地處陝西、山西、河南
　三省要衝，自古乃兵家必爭之地。

②波濤如怒：波濤彷彿發怒一般咆哮著，和上句「峰巒如聚」都是
　形容潼關地勢險要。

③山河表裡潼關路：是說潼關內有華山，外有黃河，二者互為表
　裡，可作屏障。

④西都：指長安，今陝西西安。與東都洛陽並稱。

⑤躊躇：徘徊不前，曲中形容思潮起伏，陷入沉思。

⑥秦漢經行處：指途中所路經的秦漢故都遺址。經行處，路經的
　地方。

【名句】

　　興，百姓苦；亡，百姓苦！

【鑑賞】

　　此曲寫於作者就任陝西行台中丞途中，名為懷古，實則傷今，著眼點不在山河，而在百姓。當時關中大旱，饑民相食，詩人親眼目睹了百姓深重的苦難，借由文字抒發了深沉浩歎。

　　潼關自古以來便是兵家必爭之地，地勢險要，開篇幾句意在表現潼關雄踞一方的戰略特點：週邊峰巒團聚，陡峭無比；黃河怒濤翻卷，與華山內外呼應，護衛著潼關。以「聚」、「怒」等字形象地描繪出潼關險要的地形和壯觀的氣勢，撼人心魄。緊接著詩人的思緒便拋開山河的軍事意義，開始反思秦漢等歷史王朝的興衰更迭。詩人遙望長安，思潮起伏，聯想到那些曾定都於此的王朝，都曾有過一時的

繁華，最終無數宮闕樓臺都化為塵土。「意躊躕」，讓我們感受到詩人內心的沉重。結句抒發深沉痛切的歷史感歎：無論是興還是亡，百姓都在飽嘗戰爭和勞役的苦難。一個封建王朝無論興盛還是衰敗，都只是歷史的表面，歷史的根則在百姓之中。詩人到關中是去賑災，對百姓苦難的體會自然比平常更真切，因此才會反思歷史，寫下如此深刻的詩句。此曲異常鮮明地指出封建統治階級與勞動人民的尖銳對立，在元散曲乃至整個中國古典詩歌中，這樣的眼界與思想都是難能可貴的。

【今譯】

　　峰巒好像聚集在一起格外峭陡，
　　波濤洶湧咆哮彷彿已經震怒，
　　華山、黃河內外呼應守衛著潼關路。
　　放眼遙望長安，
　　禁不住思潮起伏。
　　傷感這歷經繁華的秦漢古都，
　　如今那無數宮殿已化作了塵土。
　　國家興，百姓受苦；
　　國家亡，百姓也受苦！

寨兒令 鑒湖①上尋梅

張可久

賀監②宅，放翁③齋，梅花老夫親自栽。
路近蓬萊，地遠塵埃，清事④惱幽懷。
雪模糊小樹莓苔，月朦朧近水樓臺。
竹籬邊沽酒去，驢背上載詩來⑤。
猜⑥，昨夜一枝開。

【作者】

　　張可久（1270？-1348），字伯遠，號小山，慶元
（今浙江鄞縣）人。元代著名散曲家。仕途不得志，平生好
出遊，晚居於杭州。他專寫散曲，多寫景狀物之作，風格清
麗又不失自然，明清以來備受文人推崇。有《小山樂府》，
現存小令八五五首。

【注釋】

①鑒湖：又名鏡湖，在浙江紹興南。

②賀監：唐代詩人賀知章是越州永興（今浙江蕭山）人，曾任秘書監，故稱賀監。他家在鑒湖畔，因此人們又稱鑒湖為賀家湖。

③放翁：宋代詩人陸遊，號放翁，山陰（今浙江紹興）人，晚年居於鑒湖鄰近。

④清事：清雅之事。

⑤驢背上載詩來：《唐詩紀事》記載了這樣一段佳話：有人問詩人鄭綮近來可寫了什麼新詩嗎？他回答說：詩思都在灞橋（在今西安東）風雪中驢背上，這裡怎麼能找到？

⑥猜：助詞，表示感歎語氣，相當於「啊」、「哎」。

【名句】

雪模糊小樹莓苔，月朦朧近水樓臺。

【鑑賞】

　　此曲頗有情趣，描寫詩人在鑒湖邊尋梅的過程，表達了詩人對清雅脫俗之境的嚮往之情。

　　開篇扣題：鑒湖邊曾住過唐代著名的詩人賀知章，也流傳著陸游種梅的典故，這兩位大詩人栽種、欣賞過的梅花，如今再去尋找，必然別有意味。鑒湖的自然環境十分清幽，遠離世俗，清雅的意境讓人的內心也安靜下來。詩人一路尋來，彷彿進入蓬萊仙境，不由地腳步放輕，心神怡悅。詩人著意描繪了鑒湖邊的秀麗景色，用典和描摹相結合，渾然一體，不僅寫出了鑒湖的寧靜深幽，也表露了詩人恬淡的心境。接句敘寫詩人繼續尋梅，又有了新的發現：薄雪覆蓋著樹腳下的青苔，月光朦朧中閃現出水邊的樓臺。多麼美的景

致啊，夜色中的鑑湖顯得更加朦朧迷離，引人入勝。在尋梅的過程中，詩人還到竹籬邊打酒，邊飲酒邊在驢背上吟詩，充滿詩情畫意。詩人運用典故，敘寫自己為鑑湖美景所感動而詩興大發的情狀，讀來趣味橫生。沽酒吟詩仍不忘尋找梅花，最後，終於在牆的一角，看到一枝獨放的梅。詩人忍不住發出由衷的驚歎，曲作也在這驚歎中戛然而止，乾淨俐落。誦讀此曲，情趣、意趣無處不在，彷彿我們也隨著詩人去鑑湖上尋梅，那一路上的風景實在惹人陶醉。

【今譯】

鑑湖畔坐落著賀知章的古宅，
鄰近處尚有陸放翁的書齋，
相傳此間梅花都由二位先生親手栽。
一路尋梅走近蓬萊仙島，
這裡環境清幽，遠離俗世塵埃，
恬淡的景致排解了憂鬱的情懷。
隱隱的殘雪模糊了小樹下的青苔，
朦朧的月光映照著湖水邊的樓臺。
乘興到竹籬人家去買酒，
騎在驢背上吟著詩句歸來。
啊，昨夜又有一枝梅花綻開。

清江引 採石江①上　張可久

江空月明人起早，渺渺蘭舟棹②。
風清白鷺洲③，花落紅雨④島。
一聲杜鵑春事⑤了。

【注釋】
①採石江：在今安徽當塗，相傳李白醉中捉月逝於此江中，江邊有
　墓供後人憑弔。
②棹：本指船槳，這裡用作動詞，即開船的意思。
③白鷺洲：在今南京西南的長江之中，這裡泛指江中沙洲。
④花落紅雨：比喻落花紛紛，一片飛紅有如紅雨。
⑤春事：特指春天的花事。

【名句】

　一聲杜鵑春事了。

【鑑賞】

　這首小令敘寫詩人泛舟江上所看到的暮春景象。詩人用
淡淡的筆墨描繪了暮春清晨的景物，格調典雅，意境清幽，
細膩而深沉地表達了對春天的惜別之意。

　開篇寫景，描繪了一幅獨特的畫面：清晨江上，一隻
小舟早早出發。此時江面一片空寂，天邊清月還未落。以淡
筆營造出清幽深遠的意境，為全篇奠定基調。接句敘寫詩人

站在船頭，透過朦朧的江霧遠望，隱約感到沙洲上陣陣清風吹來；島上花落紛紛，一片飛紅。已是暮春時節，遠遠地聽到杜鵑一聲啼叫，淒切的聲音預示著春天將要結束，牽引起詩人滿腹的思緒。同樣為傷春之作，此曲寫得空寂哀婉，十分動人。景物並不都是實際看到的，比如島上的落花，就帶著詩人的想像。憂傷的情緒也並未直接抒發，而是自然地蘊含在詩句中，引讀者遐思。詩歌以意境為高，就是說在詩歌中創造出一種情景交融的境界，含蓄而雋永，此曲可謂深得此意。

【今譯】

江水迷茫，曉月微明，人早起身，
朦朧中一葉小舟已經開動。
白鷺洲頭清風陣陣吹來，
江中島上落花一片飛紅。
杜鵑一聲悲啼，春天正在遠去。

憑闌人 江夜　張可久

江水澄澄江月明，
江上何人搦玉箏①？
隔江和淚②聽，滿江長歎聲。

【注釋】
①搦玉箏：搦，撥動、彈奏。玉箏，古箏的美稱。
②和淚：帶淚，伴著淚水。

【名句】

隔江和淚聽，滿江長歎聲。

【鑑賞】

　　這是一首記事小令。詩人用細膩的筆調敘寫了隔江聽人彈奏古箏的場景，表現出箏曲的哀婉動人與彈箏者的高超技藝，讀來有身臨其境之感。

　　此曲從寫景開始：傍晚江水清澈明淨，江上皓月當空。詩人描繪出一種清幽的環境，為人物的出場作了背景鋪墊。接句寫江上有人正在彈奏古箏，吸引詩人駐足傾聽。此句用疑問句式表達，卻並未作進一步交待，顯然彈奏者是誰，彈的是什麼曲子，都不是詩人所關注的。末兩句寫聽箏者的感受：不但作者被深深打動，禁不住「和淚聽」；江岸上的人也都為之感動，傳來「長歎聲」。這裡，詩人並沒有直接描述箏曲多麼悲切，而是通過聽箏者的切身感受告訴讀者：這曲調太動人、太憂傷了，彈奏者技藝的高超嫻熟也盡在不言中。此曲雖短，卻蘊含豐富，耐人尋味。

【今譯】

　　江水清澈，江月格外明淨，
　　江船上是誰在彈奏古箏？
　　隔著江岸我伴著淚水傾聽，
　　滿江上下傳來一片長歎聲。

水仙子 詠竹　馬謙齋

貞姿不受雪霜侵，直節亭亭易見心。
渭川風雨清吟枕^①，花開時有鳳尋^②。
文湖州^③是個知音。
春日臨風醉，秋宵對月吟，舞閒階碎影篩金。

【作者】

　　馬謙齋，生平事蹟不詳，從現存散曲作品的生活背景看，他曾在大都（今北京）、上都（故址在今內蒙古正藍旗境內）等地為官，後寓居杭州。他的散曲題材多樣，筆調灑脫，蘊含著豐富的人生感慨。今存小令二十首。

【注釋】

①渭川風雨清吟枕：渭川，即渭河，在今陝西中部。此句意為在渭
　河風雨之夜，詩人在枕上歌吟竹子的高風亮節。
②花開時有鳳尋：傳說鳳凰以竹子所結的果實為食，此句是說竹花
　開時會引來鳳凰。
③文湖州：指宋代書畫家文與可，曾做過湖州太守，畫竹最妙。

【名句】

貞姿不受雪霜侵，直節亭亭易見心。

【鑑賞】

　　這是一首詠竹小令，歌詠了竹子堅貞高潔的品格，實際
上也是作者品性的自我表述。此曲語言流暢，格調清新，蘊
含著詩情畫意。

　　開篇寫竹子直節亭亭，心懷高潔，霜雪不改貞姿，直接
表達了對竹子的讚美之情。以「貞」、「直」等字形容竹的
品性，毫不吝惜讚美之言。接著寫在渭河的風雨之夜，詩人
在枕上懷想和歌吟竹子的高風亮節，援引了竹子開花時會引
來鳳凰的傳說，使竹的高潔帶上了幾分神奇的色彩。接句寫
畫家文與可由於善於畫竹而成為竹的知己，用擬人的手法寫
竹子生平所結交都是名士，實際是以此自喻。最後三句，寫
竹子在優美的自然環境中生長，儼然一位意趣盎然的雅士：
春天臨風沉醉，秋夜對月閒吟；在空寂的石階前，竹枝搖
曳，碎影婆娑，同金色的日影交織成趣。曲中，詩人不僅讚
美了竹的堅貞高潔，同時歌詠了竹的情趣，加之運用了擬人
化的手法，真可謂把竹寫活了。

【今譯】

堅貞的身姿不畏懼霜雪侵淩，
挺拔的竹節昭示出虛懷的心胸。
渭河風雨夜我在枕上歌吟，
遐想竹花盛開時會有鳳凰來追尋。
畫家文湖州是竹子的知音。
春日裡她臨風沉醉，
清秋夜她對月吟詠，
石階前婆娑起舞，灑下一地碎金。

普天樂 平沙落雁   鮮於必仁

稻粱收，菰蒲①秀。

山光凝暮，江影涵秋。

潮平遠水寬，天闊孤帆瘦②。

雁陣驚寒埋雲岫③，下長空飛滿滄洲④。

西風渡頭，斜陽岸口，不盡詩愁。

【作者】————————————————————

　　鮮於必仁（1276？-1330），字去矜，號苦齋，漁陽郡（今天津薊縣）人。元代著名散曲家。他雖出身官宦家庭，卻一生布衣，性情達觀，寄情山水。他擅長南北歌調，現存小令二十九首。

【注釋】
①菰蒲：菰，即茭白，生長在池沼中，開紫紅色小花。蒲，即香
　　蒲，一種水草，其莖可編席。
②孤帆瘦：意為一葉孤舟在廣闊的江面上顯得格外渺小。
③雲岫：雲朵似峰巒一樣。
④滄洲：濱水的地方，古時常用以指稱隱士的居處。

【名句】————————————————————

　　潮平遠水寬，天闊孤帆瘦。

【鑑賞】

　　此曲寫秋景，文辭華美，於開闊中蘊含著清冷，以略顯頓挫的語言描寫秋日風物，表達了詩人內心難以排解的憂愁。

　　開篇寫江邊黃昏的秋景。正是稻粱豐收、秋草挺秀的季節，遠山籠罩在暮色中，蒼茫無比；江水倒映著秋景，寒意蕭蕭。寥寥幾筆勾畫出秋日的風光，其中「凝」、「涵」等字的使用生動而別致。接句描繪秋江。江上波平浪靜，遠水茫茫一望無際；天高雲淡的背景下，江上一葉孤舟顯得格外渺小。以「闊」和「瘦」的對比，勾勒遼遠的畫面，渲染出十分秋意。這就是秋的景致，雖然不乏遼闊壯麗，卻處處透著蒼涼、蕭瑟。秋色秋意，令詩人深受感染，內心湧起了難以言說的憂愁。這裡，詩人並沒有直抒情懷，卻寄情於景，讓讀者深深感受到這種愁情的深濃。在整體勾勒過山水之後，詩人把目光定格在雁陣之上。這樣的季節，大雁彷彿也害怕寒冷，一會兒鑽進雲層，一會兒飛下滄洲。水邊小洲上寒雁翻飛的一幕，令詩人內心更為淒然傷感。末尾幾句情景交融，畫龍點睛，道出了作者的滿腹愁懷。西風渡頭，斜陽岸口，這是無數詩人歌詠過的場景，詩人用「不盡詩愁」與之呼應，使其中的愁緒越來越濃，深深地打動讀者。

【今譯】

　　水稻高粱迎來收穫季節，
　　菰蒲花開，一片錦秀。
　　山巒凝聚著沉沉暮色，
　　江水倒映出一抹清秋。
　　波平浪靜，水面浩渺無際，
　　長天寥闊，一葉小舟顯得渺小孤獨。
　　行行大雁害怕寒冷，紛紛埋進雲層，
　　又直下長空，翻飛在水島沙洲。
　　西風蕭瑟的渡頭，
　　斜陽籠罩的岸口，
　　心中湧起無窮的哀愁。

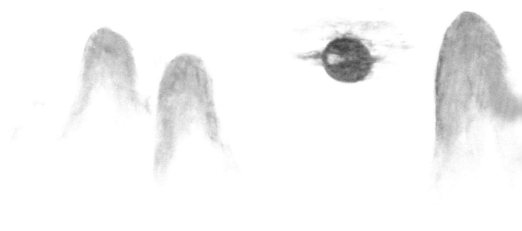

折桂令 蘆溝曉月①　鮮于必仁

出都門鞭影搖紅②，山色空濛，林景③玲瓏。
橋俯危波，車通遠塞，欄倚長空。
起宿靄千尋臥龍④，挈流雲萬丈垂虹⑤。
路杳疏鐘⑥，似蟻行人，如步蟾宮⑦。

【注釋】
①蘆溝曉月：舊時「燕山八景」之一。蘆溝，即蘆溝橋，在今北京
　西南，橫跨永定河上。
②出都門鞭影搖紅：都門，京城城門。鞭影搖紅，在晨曦中，馬鞭
　搖動微微泛著紅光。
③景：通「影」。
④起宿靄千尋臥龍：形容蘆溝橋雄偉壯麗，如臥龍在晨霧中騰起。
　宿靄，指晨煙曉霧。千尋，即千尺。
⑤挈流雲萬丈垂虹：是說蘆溝橋橋身拱起，像牽動流雲的彩虹。
　挈，牽引。
⑥路杳疏鐘：路杳，道路昏暗模糊。疏鐘，形容鐘聲疏落。
⑦蟾宮：即月宮，傳說月亮裡有蟾蜍，所以稱為蟾宮。

【名句】

起宿靄千尋臥龍，掣流雲萬丈垂虹。

【鑑賞】

此曲描繪盧溝橋的壯觀景象，運用多種修辭手法，想像豐富，意境高遠，是難得的佳作。

開篇寫詩人驅車出了京城的城門，在晨曦中，遠處的山色一片迷濛，四周的樹影玲瓏有致。接句用鼎足對的手法敘寫橋、車、欄，形成獨特的對應關係。橋伏於危波之上，車通向遠塞，橋欄緊依著長空，構成了一幅寫實的畫面，使讀者有身臨其境之感。三個動詞「俯」、「通」、「依」，使靜景變為動景，不僅生動形象，而且具有鮮明的韻律美感。接下來以對偶和比喻的修辭手法，描繪出盧溝橋的宏偉氣勢和壯麗景象。晨霧中的盧溝橋，彷彿霧靄中騰起的臥龍，又彷彿牽動流雲的長虹。動詞「起」和「掣」的運用，賦予「臥龍」和「垂虹」鮮活的生命，使讀者彷彿看到臥龍雄起、垂虹牽雲的壯觀景致。末尾幾句寫近景。用「杳」形容清晨道路的迷濛清幽，用「疏」形容鐘聲的悠遠疏落，用字十分準確。接句敘寫行人靜悄悄地趕路，一個接一個像螞蟻一樣。此情此景，詩人用細膩的筆觸描摹得十分逼真，而這兩句都在為末一句作鋪墊。試想昏暗的道路，悠遠的鐘聲，靜靜的行人，如此迷離朦朧，不正如同步入月宮一樣嗎？既與題目「曉月」相呼應，又以遙遠的意境引讀者遐思。

【今譯】

　　駕車出城門，鞭纓搖動出點點微紅，
　　遠處的山色一片迷濛，
　　四周的樹影精緻玲瓏。
　　盧溝橋俯臥在驚濤駭浪之上，
　　橋上的車馬正向遠方的邊塞行進，
　　橋欄倚靠著遼闊的天空。
　　彷彿千丈臥龍從晨霧中騰起，
　　又好像萬丈垂虹牽動流雲。
　　道路幽暗，偶爾聽到稀疏的鐘聲，
　　靜靜的螞蟻般的行人，
　　就如同走在縹緲的月宮。

塞鴻秋 潯陽即景① 周德清

長江萬裡白如練，淮山數點青如靛②。
江帆幾片疾如箭，山泉千尺飛如電。
晚雲都變露，新月初學扇③，
塞鴻一字④來如線。

【作者】

　　周德清（1277-1365），字曰湛，號挺齋，高安暇堂（今江西高安）人，著名的音韻學家、散曲家。他工樂府，通音律，著有《中原音韻》一書，總結了北曲用字與押韻的經驗，對散曲創作影響很大。現存小令三十一首。

【注釋】
①潯陽即景：潯陽，江名，指長江流經江西九江以北的一段。即景，根據眼前的景物作詩。
②淮山數點青如靛：淮山，指淮河一帶的遠山。靛，一種染料，代指青藍色。這句是說淮河一帶的遠山像被靛青染過一樣。
③新月初學扇：新月呈半圓狀，如展開的摺扇。
④塞鴻一字：塞鴻，指北方飛來的大雁。一字，形容雁陣如「一」字形。

【名句】

　　長江萬裡白如練，淮山數點青如靛。

【鑑賞】

　　此曲主要運用比喻的修辭手法，描寫了潯陽江邊的秀麗風景。畫面生動，層次清晰，蘊含豐富。

　　全曲七句，句句有景，且皆由比喻句構成，這在詩歌創作中是很少見的。然而曲作並不因此顯得呆板，讀起來反而琅琅上口。前四句句式完全相同，構成排比句，十分有氣

勢。從內容上看，前兩句寫江與山的色彩，用「白如練」、「青如靛」作比；後兩句寫帆與泉的速度，用「疾如箭」和「飛如電」作比。一個是靜態，一個是動態，由遠及近，動靜相宜，構成一幅色彩斑斕的瑰麗畫面，完全展現出潯陽江氣象萬千而又壯麗雄奇的景致，引人嚮往。結尾三句句式有了變化，寫雲、月、飛鴻，主要是從形態上來比喻。傍晚的雲似乎霧化成霜露，新月半圓彷彿手中的摺扇，雁陣一字排開如線一樣。比喻的妙用使三種景物更加形象逼真。全曲的視野是遼闊的，雖然都是比喻句，卻並不局限於細緻的描畫，而是在描寫中有收有放，顯示了作者深厚的觀察力和表達力。最後一句對飛鴻的描寫更是把視線投向天邊，使畫面更加遼遠而靈動。

【今譯】

　　長江萬裡如同悠長的白絹，
　　遠山座座彷彿用靛青洗染。
　　江面上，幾隻帆船疾馳如箭，
　　山泉淩空而下，飛瀉如電。
　　傍晚的雲似乎都變成了霜露，
　　新月剛剛半圓，好像展開的摺扇，
　　北來的大雁一行行，排列如線。

折桂令 荊溪即事① 喬吉

問荊溪溪上人家：

為甚人家，不種梅花？

老樹支門，荒蒲繞岸，苦竹②圈笆。

寺無僧狐狸漾瓦③，官無事烏鼠當衙④。

白水黃沙，倚遍闌杆，數盡啼鴉。

【作者】

　　喬吉（1280-1345），字夢符，號笙鶴翁，並州（今山西太原）人。元代著名散曲家，與張可久齊名，並稱「喬張」。其散曲技巧嫻熟，文詞清麗，對元後期散曲創作影響很大。有散曲集《夢符小令》，今存小令二百零九首。

【注釋】

①荊溪即事：荊溪，為賞梅勝地，在今江蘇宜興南，流入太湖。即事，以眼前景物為題材，多用作詩詞題目。

②苦竹：又名傘柄竹，筍味苦不可食，莖可製傘柄、筆管等。

③漾瓦：捽瓦。

④烏鼠當衙：烏鼠，指本來不應該掌權的小吏。這句是說小吏坐衙門，長官都不處理政事。

【名句】

　　寺無僧狐狸漾瓦，官無事烏鼠當衙。

【鑑賞】

　　此曲不同於一般的鄉村閒逸之作，詩人通過對荊溪兩岸荒涼破敗景象的描述，揭露了當時社會民生凋敝和吏治黑暗的現實。

　　此曲以問句開篇，形式新奇。詩人詢問荊溪邊的人家，既是賞梅勝地，為什麼不種梅花？未及回答，詩人便明白了，因為他看到了荒蕪破敗的景象：老樹支撐破門，荒草圍繞堤岸，苦竹圈成籬笆。百姓生活如此貧困、艱難，哪裡還有什麼閒情逸致種植梅花。緊接著，詩人筆鋒一轉，寫起了寺廟和官衙。那裡景象又如何呢？寺廟裡不見僧侶，任由狐狸躥跳踐踏；官衙裡執法者不理政事，只有那些盡想著撈錢的小吏顛倒黑白。百姓有苦難訴，有冤難伸，完全沒有正常的生活秩序，顯現了作者內心對現實完全的絕望。末尾幾句寫景，以暗淡、空寂之景，進一步表達了作者傷感和無奈的情感，寄寓了對現實的強烈不滿。此曲不僅形象地描寫了百姓生活的貧困、艱難，而且大膽揭露了官府的腐敗、黑暗，這樣的作品在元曲中並不多見。曲作語言生動，反思深切，可以看出詩人熟悉百姓生活，對他們的苦難抱以深切的同情。

【今譯】

　　試問荊溪人家：為什麼不種梅花？
　　眼前只見老樹支撐著破門，
　　荒蕪的蒲草環繞溪岸，

苦竹圍成小院的籬笆。
野寺無人任狐狸蹦跳踐踏，
官府不理政事任走卒橫行坐衙。
白水茫茫淤集黃沙，
愁人倚靠著欄杆，
歷數啼叫的烏鴉。

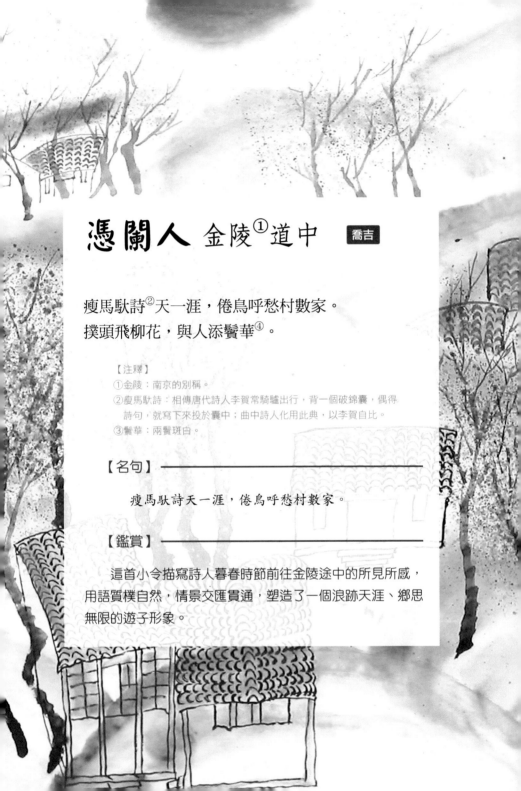

憑闌人 金陵①道中

喬吉

瘦馬馱詩②天一涯，倦鳥呼愁村數家。
撲頭飛柳花，與人添鬢華④。

【注釋】
①金陵：南京的別稱。
②瘦馬馱詩：相傳唐代詩人李賀常騎驢出行，背一個破錦囊，偶得詩句，就寫下來投於囊中；曲中詩人化用此典，以李賀自比。
③鬢華：兩鬢斑白。

【名句】—————————————————————

　　瘦馬馱詩天一涯，倦鳥呼愁村數家。

【鑑賞】—————————————————————

　　這首小令描寫詩人暮春時節前往金陵途中的所見所感，用語質樸自然，情景交匯貫通，塑造了一個浪跡天涯、鄉思無限的遊子形象。

　　開篇描寫詩人羈旅異鄉，騎一匹瘦馬風塵僕僕地走在古道上。曲中借用唐代李賀「錦囊藏詩」的故事，塑造了一位天涯倦遊的詩人形象，孤寂憂鬱的氣息撲面而來。接句轉而寫景。在疲憊的詩人眼裡，村舍疏疏落落，透著幾分冷清；鳥兒婉轉鳴叫，彷彿訴說哀愁。以「倦」來形容飛鳥，既是擬人，也是移情，道出詩人的真正心聲。這兩句看似寫景，實則寫人，既是詩人潦倒形象的自我描繪，又是詩人憂鬱心境的自我展露。二者相輔相成，營造出一種孤寂淒清的意境。接下來兩句構思新穎獨特，同樣是通過景物在寫人。柳絮滿天飛舞，只是暮春時節的自然物象，可在詩人眼裡，原本是在天涯漂泊中鬢染霜華，卻彷彿是柳絮專門飛上雙鬢，為人增添白髮。小令短短四句，沒有一句直接寫旅途勞頓，卻通過景物描寫間接傳達出了詩人惆悵沉鬱的心境，渾然一體，耐人尋味。

【今譯】

　　一匹瘦馬馱著詩囊浪跡在天涯，
　　疲倦的鳥兒呼叫哀愁，村裡幾戶人家。
　　迎面飛來白色的柳絮，
　　彷彿有意為人增添雙鬢的白髮。

水仙子 重觀①瀑布　喬吉

天機織罷月梭閒②，石壁高垂雪練③寒。
冰絲帶雨懸霄漢④，幾千年曬未乾，
露華⑤涼人怯衣單。
似白虹⑥飲澗，玉龍下山，晴雪飛灘。

【注釋】

①重觀：作者曾寫同調小令《樂清白鶴寺瀑布》，因此題為「重觀」，即第二次觀看瀑布。

②天機織罷月梭閒：天機，指天宮織女的織布機。月梭，彎月如織女的織布梭子一樣。

③雪練：指白雪一樣的絲絹。

④冰絲帶雨懸霄漢：形容瀑布如帶雨的冰絲懸掛於天際。霄漢，天空。

⑤露華：指瀑布濺起的水花。

⑥白虹：形容瀑布飛濺宛若白虹橫空。

【名句】

天機織罷月梭閒，石壁高垂雪練寒。

【鑑賞】

這是一首描寫瀑布壯觀景象的佳作。詩人善於運用比喻來描繪景物，通過形象生動的語言，使瀑布的雄奇、壯觀躍然紙上，令人震撼。

此曲以「天機」起筆，化用天宮織女的神話傳說，為深山中的瀑布增添了幾分神祕色彩。詩人遙望壯觀的瀑布，禁不住想像，那天上織女一定已經織出一匹白色絲絹了，因為她使用的月梭都被閒放到了天邊。而此時，那織女織就的雪練正淩空高懸在陡峭的石壁上。這真是氣勢奇崛的一幕。白色的瀑布上一彎明月，恰似織女的織布梭子，這個比喻自然而新奇。接句詩人繼續描摹，把瀑布的「寒」形象地表現出來：冰涼的絲綢上帶著雨，懸掛在天空之上，幾千年都未能曬乾；那站在瀑布邊上的人，都不禁膽怯，瀑布的寒意彷

彿要穿破人們單薄的衣衫。這三句不僅使用比喻狀景，而且寫到了觀瀑人的感受，十分真切。結尾運用「鼎足對」的修辭手法，以白虹、玉龍、晴雪來喻寫瀑布的形狀、氣勢與色彩，又以「飲」、「下」和「飛」來描摹瀑布飛流直下、水花四濺的情狀，可謂形象鮮活，使讀者隨著詩句展開想像，這深山間的瀑布宛然就在眼前。

【今譯】

　　天宮織女的織機停了，月梭已空閒，
　　石壁上高高地垂下剛織成的白絹，透著清寒。
　　多麼壯觀的瀑布，宛如冰絲帶雨懸掛在天間，
　　經過幾千年的晾曬仍沒有曬乾，
　　濺起的水花冰涼，令人擔憂寒氣會穿破單薄的衣衫。
　　這瀑布似白虹飲水於深澗，
　　如玉龍騰空下山，
　　像晴空飛雪於河灘。

湘妃怨　阿魯威

夜來雨橫與風狂，斷送西園①滿地香。
曉來蜂蝶空遊蕩，苦難尋紅錦妝②。
問東君③歸計何忙。
盡叫得鵑聲④碎，卻教人空斷腸，
漫勞動送客垂楊⑤。

【作者】

　　阿魯威（1280-1350），字叔重，號東泉，人稱「魯東泉」。蒙古族人，元代著名詩人和散曲家。曾任泉州路總管、翰林侍講學士等職。他的散曲多懷古傷時之作，情感深沉質樸，格調曠達豪邁。今存小令十九首。

【注釋】
①西園：北宋洛陽有董氏西園，為著名的私家園林，此處泛指幽靜的園林。
②紅錦妝：原指婦女華美的盛妝，這裡喻指百花。
③東君：傳說中的司春之神，亦代指春天。
④鵑聲：杜鵑的叫聲。
⑤漫勞動送客垂楊：漫，隨意、隨便。勞動，勞駕、麻煩。垂楊，古代人們送別時常折楊柳相贈，表達離情。

【名句】

　　盡叫得鵑聲碎，卻教人空斷腸。

【鑑賞】

　　這是一篇傷春小令，描繪了暮春時節的風景，寄寓詩人的惜春傷春之情，描寫細膩，感情深摯。

　　開篇寫一夜風雨過後，園林裡的百花零落；清晨，蜂蝶空自在殘枝敗葉間徘徊，卻再也找不到百花盛開的繁榮景象。這一派暮春景致，作者並沒有直接描繪，而是通過風雨、落花、蜂蝶尋春來加以表現，可謂構思巧妙，刻畫生動。接著，作者用擬人化的手法，詰問春神為何如此匆忙歸

去，而不把春景留住。這一問，飽含著惆悵和無奈，使詩人的憐春、惜春之情躍然紙上。末尾幾句寫景寄情，著墨點是傷春。暮春時節，更有杜鵑泣血啼鳴，叫得人寸斷肝腸。春天要走了，是那樣行色匆匆，還得勞動那專事送別的垂楊，迎風飛舞，為詩人表達離情。此節中，詩人通過對杜鵑、垂楊的描寫，烘托出淒涼傷感的氣氛，把自己對春的無限依戀之情推到了高潮，也帶給讀者無盡的遐思。

【今譯】

　　昨晚一整夜雨驟風狂，
　　西園百花凋零，落得滿地飄香。
　　清晨蜜蜂、蝴蝶空自遊蕩，
　　再也難找到那百花盛開的豔麗景象。
　　試問春神為何歸去得如此匆忙。
　　任憑杜鵑悲啼聲聲，
　　卻讓人獨自哀傷，
　　枉費了那送別的垂楊。

小梁州 秋　貫雲石

芙蓉映水菊花黃，滿目秋光。
枯荷葉底鷺鷥①藏，金風②蕩，飄動桂枝香。
〔么〕雷峰塔③畔登高望，見錢塘④一派長江。
湖水清，江潮漾，天邊斜月，新雁⑤兩三行。

【作者】

　　貫雲石（1286-1324），字浮岑，號酸齋，祖籍西域北庭（今新疆吉木薩爾），維吾爾族人。元代散曲大家，文曲兼長，所作散曲豪放爽朗，意境悠遠。他與徐再思齊名，後人收輯二人散曲合編為《酸甜樂府》。現存小令七十九首。

【注釋】
①鷺鷥：一種水鳥，多活動於湖沼岸邊或水田裡。
②金風：指秋風。
③雷峰塔：遺址在杭州西湖南屏山上，五代吳越王錢俶所建，
　　1924年倒塌。
④錢塘：即錢塘江，為長江的下游，有著名的「錢塘潮」。
⑤新雁：初從北方飛來的雁陣。

【名句】

　　芙蓉映水菊花黃，滿目秋光。

【鑑賞】

　　貫雲石一生的最後十年主要隱居在杭州，對杭州尤其是西湖懷有深厚的感情。這首曲子描寫西湖秋光，綺麗而又清爽，有著淡遠的意趣，流露出詩人閒適、淡泊的情懷。

　　開篇便是寫景，將枯荷、黃菊、桂花一一點染，秋天的主要風物收於筆下，秋天的天然意趣盎然紙上。詩人以「滿目秋光」來強調，點出人在景中、景中有人的視角。雖是秋景，荷葉將枯，菊花已黃，但江南的秋天卻沒有蕭索、衰敗

的氣息，相反卻因桂香薰染而添溫柔旖旎之感。〔幺〕篇繼
續描繪江南秋景，意境卻變得遼遠、空寂。詩人登高望遠，
在江水浩渺、長天悠遠之中，一切都那麼迷茫而寥闊，猶
如淡淡的山水畫。在廣闊的留白中，勾勒出一線水波，一彎
斜月，兩三行飛雁。所寫並非秋天的典型物象，但詩人淡筆
描摹，使尋常風物也沾染上秋的閒淡與清遠。此時，站在雷
鋒塔上的人物，已與自然風景融合為一體，而此刻詩人的心
境，定是飄然忘世的。這首散曲文字簡潔明朗，沒有浮文閒
筆，節奏音韻天然流暢，在當時就廣為流傳。

【今譯】

荷花在水中倒映，菊花初黃，
滿眼都是秋天的風光。
枯萎的荷葉下面有鷺鷥隱藏，
秋風蕩起，
送來陣陣桂花的芳香。
我站在雷鋒塔上登高遠望，
只見錢塘江一片浩渺迷茫。
湖水清澈，江潮蕩漾，
天邊一彎斜月，
還有南歸的雁陣兩三行。

蟾宮曲 送春　貫雲石

問東君何處天涯^①？
落日啼鵑^②，流水桃花。
淡淡遙山，萋萋^③芳草，隱隱殘霞。
隨柳絮吹歸那答^④？
趁遊絲惹在誰家^⑤？
倦理^⑥琵琶，人倚秋千，月照窗紗。

【注釋】

①東君何處天涯：是說司春之神將要去向遙遠的何處。
②啼鵑：啼叫的杜鵑，啼聲好像在說「不如歸去」，常在春末初夏
　之時晝夜不停地叫。
③萋萋：草木茂盛的樣子。
④那答：元代口語，那邊、那地方。
⑤趁遊絲惹在誰家：趁，追趕。遊絲，飄動著的蛛絲。惹，牽引、
　招引。
⑥理：撫弄、彈奏。

【名句】

　　淡淡遙山，萋萋芳草，隱隱殘霞。

【鑑賞】

　　此曲題為「送春」，描寫了暮春時的種種風物，在流水落花的景致中表達了惜春、傷春的纏綿情懷。全曲流暢、深情，韻律優美而琅琅上口。

　　首句以疑問開篇。春之神啊，不知你將要去往何方？這問候中，已蘊含了因春逝而生發的淡淡傷感。接句描摹季候的變化，點明暮春時令，也在景物鋪陳中逐步加深惜春的情感。黃昏時杜鵑哀啼，牽引人的愁緒；落花追逐流水，更讓人莫名傷感。寫到此處，詩人宕開一筆，用鼎足對的手法，描摹朦朧而暗淡的晚景。日暮時分，遠山影影綽綽，只有淡淡的幾筆；眾芳搖落，野草卻更顯茂盛；晚霞燦爛，慢慢地只留下一抹餘暉。詩人描摹春天即將逝去時各種景物的情狀，營造出哀婉憂傷的情調。接著用兩個疑問句追詢春的去處，表達了詩人對春天的無比眷戀和關切。寫春「隨柳

絮」、「趁遊絲」，運用了擬人的手法，使行文更加生動而富有表現力。結句將視線拉近。因為遍尋不到春的歸處，伊人心緒懶散，琵琶也不願彈，斜倚著秋千架，看窗紗映月。在人物描寫中，傳達出一種細膩幽微的情緒。此曲寫戀春傷春的情緒，寫得若即若離，動靜相宜，情景交融，是散曲作品中的佳品。

【今譯】

試問春天，將要去往何處天涯？
杜鵑在落日下啼鳴，
流水帶走了飄零的桃花。
淡淡的遠山，綿延的芳草，
將要褪去的朦朧的晚霞。
春天啊，隨著柳絮飄向哪裡？
追著遊絲落到誰家？
你看伊人連琵琶也懶得彈奏，
斜倚在秋千架下，
淒清的月光映照窗紗。

蟾宮曲 雪　薛昂夫

天仙碧玉瓊瑤，點點楊花①，片片鵝毛。

訪戴②歸來，尋梅③懶去，獨釣④無聊。

一個飲羊羔⑤紅爐暖閣，一個凍騎驢野店溪橋。

你自評跋⑥，那個清高，那個粗豪？

【作者】

　　薛昂夫，生卒年不詳，本名薛超兀兒，漢姓馬，字昂夫，號九皋，維吾爾族人。元代詩人。他的散曲風格以豪放為主，多敘寫傲物歎世、歸隱懷古的內容。現存小令六十五首。

【注釋】

①點點楊花：以楊花喻雪，化用蘇軾《少年游》「余杭門外，飛雪似楊花」詩意。

②訪戴：指「雪夜訪戴」之典，東晉王徽之在某個雪夜突然想念故友戴逵，便乘舟前往，行一夜至其門，未進而返，後人就用「訪戴」代稱訪友。

③尋梅：孟浩然曾經騎驢踏雪尋梅，被後人稱為雅事。

④獨釣：柳宗元《江雪》有「孤舟蓑笠翁，獨釣寒江雪」句，表現釣者的高潔與孤寂。

⑤羊羔：一種美酒的名字。

⑥評跋：品評、評議。

【名句】

天仙碧玉瓊瑤，點點楊花，片片鵝毛。

【鑑賞】

此曲寫雪中的情趣，品評與雪相關的古人，讚美了如雪一樣高潔、超脫的人格操守。

曲的開篇直接點題。詩人愛雪，贊雪，喻其為天宮中的碧玉瓊瑤，晶瑩剔透，似楊花點點，鵝毛片片。三個暗喻的運用形象地描繪出了雪的晶瑩、潔白、飄逸，引人聯想。接下來，詩人引用三個典故，敘寫了雪中的故事。王徽之因思念朋友，冒著風雪連夜去看他，一片情真意切；孟浩然欣賞雪中的寒梅，為了美景不怕嚴寒；柳宗元在江雪中垂釣，不在意釣魚的結果，追求的是精神的自由、獨立。接句詩人表明自己的態度，引起下文的對比。詩人既不想學孟浩然踏雪尋梅，更不願似柳宗元獨釣寒江。在這風雪之夜，是獨自在

紅爐暖閣中暢飲美酒，還是效仿孟浩然騎著驢在野店溪橋受凍？答案是什麼，詩人並沒有交待，但從字裡行間，不難看出詩人強調的是一種情懷，而這種情懷不論貧富貴賤，也沒有高雅粗俗之分。詩人所要表達的是：自然之美需要那些內心有著同樣境界的人來欣賞，正如同雪是高潔的，是灑脫自由的，只有具備如此境界的人才能真正欣賞她、讚美她。

【今譯】

雪花晶瑩如天仙把美玉撒下九霄，
點點飛舞如凋落的楊花，
片片飄逸似潔白的鵝毛。
風雪中我訪友歸來，
懶得去學孟浩然踏雪尋梅，
像柳宗元獨釣寒江也覺得無聊。
試想一個飲著美酒在紅爐暖閣賞雪，
一個騎驢受凍在野外的小店溪橋。
你自己來評說，
哪個是清高，
哪個是粗豪？

楚天遙過清江引　薛昂夫

〔楚天遙〕

有意送春歸，無計留春住。

明年又著①來，何似休歸去。

桃花也解②愁，點點飄紅玉。

目斷楚天③遙，不見春歸路。

〔清江引〕

春若有情春更苦，暗裡韶光④度。

夕陽山外山，春水渡傍⑤渡，

不知那答兒⑥是春住處？

【注釋】

①著：元人口語，教、讓之意。

②解：理解、懂得。

③楚天：楚地天空，後泛指南方的天空。

④韶光：美好的時光，常指春光。

⑤傍：通「旁」。

⑥那答兒：元人口語，哪裡、什麼地方。

【名句】

　　有意送春歸，無計留春住。

【鑑賞】

　　薛昂夫此曲在惜春作品中別開生面，把春天擬人化了，運用對話、反問的手法，表達了對春的無限依戀之情。寫得纏綿深致，頗有情趣。

　　開篇描寫送春歸去的情致。春天就要離去了，詩人無計挽留，只得送春款款歸去。以「有意」與「無計」相對，形容春天彷彿是詩人的老朋友一般，既寫無奈分別的萬般不捨，又寫鄭重相送的無限情意。即將分別，詩人帶著埋怨、帶著不捨反問春天：既然明年又要來，何如不要離去呢？春天無言相答，此情此景，令善解人意的桃花也覺傷懷，片片花瓣飄零，彷彿灑下點點珠淚。這樣寫，使景物也帶上了感情色彩，更顯得情意纏綿。接句更進一層，寫詩人欲追尋春天，可望斷楚天，也不見春的歸路，其情十分真切。〔清江引〕篇敘寫別後情景。詩人揣摩春的心思，想像春天要有感知的話肯定也不願意離去，這麼美麗的風景，這麼多愛春的人，她怎麼捨得離開呢？離開後，她只能孤獨地生活，黯然度過時光，該是多麼寂寞而神傷啊！擬想春天的情懷，實際是在寫自己的情懷，以此筆法寫來，更能感受到詩人惜春的深摯情感。尾句寫詩人望著一座座山巒，一個個渡口，癡情地問，春到底住在哪裡？真是恨不得隨春而去，天涯海角相追尋，其情切切，令人動容。

有心送春天歸去，
卻無法留春天永駐。
既知明年還要來，
哪如不歸去。
桃花彷彿也懂得憂愁，
花瓣飄零如點點淚雨。
望穿雙眼，楚天更加遙遠，
卻不見春天歸去的道路。
春天如果有情，心裡會更苦，
獨自度過時光，多麼悽楚。
夕陽籠罩著山外的青山，
流水經過了一個接一個的渡口，
不知道哪裡是春天的住處？

金字經 傷春　吳弘道

落花風飛去，故枝①依舊鮮。
月缺終須有再圓。
圓，月圓人未圓。
朱顏②變，幾時得重少年？

【作者】

　　吳弘道（？-1345），字仁卿，號克齋，金台蒲陰（今河北安國）人。元代重要的散曲家。作雜劇五種，今已不傳。散曲多敘寫人生感慨，風格較為疏放清俊，流傳很廣。現存小令三十四首。

【注釋】
①故枝：經年的枝條。
②朱顏：紅潤美好的容顏。

【名句】

　　朱顏變，幾時得重少年？

【鑑賞】

　　此曲題為「傷春」，所傷的不是四季中的春天，而是人的青春。語言簡潔而意味深長，對人生短暫發出了深沉的感歎。

　　開篇寫落花。一陣風過，花雖紛紛飄落，但那些枝條仍然鮮嫩青綠，到來年春天自然會重新煥發生機。接句對月抒懷。月亮殘缺了固然令人傷感，但短短十數天後，到下個月時自然可以再圓。然而，月亮圓時人卻不能再圓滿了。「人未圓」既有獨在異鄉為客，不能與家人友朋團圓之意；也有青春老去，再不能回到從前少年時之意。結尾句以反問直抒胸臆，飽含哀婉之情。君不見，紅顏變白髮，何時才能再重回少年時光？以人的青春和年年開落的花、月月圓缺的明月對比，形象地揭示出人生短暫、青春一去不復返的道理。此曲以表現人生短暫來警示人們，要珍惜青春時光，避免「少壯不努力，老大徒傷悲」的後果，應該說是很有積極意義的。

【今譯】

　　落花隨風飄散，
　　舊的枝條依然會煥發新顏。
　　月亮殘缺了終究會再圓。
　　可月兒圓了，人卻不能回到從前。
　　紅顏變白髮，
　　何時才能重返少年？

山坡羊 長安懷古　趙善慶

驪山橫岫^①，渭河^②環秀，
山河百二^③還如舊。
狐兔悲^④，草木秋^⑤，
秦宮隋苑徒遺臭，
唐闕漢陵^⑥何處有？
山，空自愁；河，空自流。

【注釋】
①驪山橫岫：驪山，又名酈山，在陝西臨潼東南，是著名的遊覽勝
　地。岫，峰巒，橫岫謂峰巒險峻。
②渭河：水名，源出甘肅，橫貫陝西中部，至潼關入黃河。
③山河百二：比喻山河險固，以二萬人駐守可以抵禦百萬人之眾。
　百二，以二敵百。
④狐兔悲：化用唐代司空圖《秦關詩》「狐兔漢陵空」句意，意即
　原來的陵墓上如今狐兔出沒，極其荒涼。
⑤草木秋：化用唐代杜甫《春望》「國破山河在，城春草木深」句
　意，形容草木凋零、秋風蕭瑟的秋景。
⑥唐闕漢陵：闕，宮殿、城樓。陵，陵墓。這句與上一句的「秦宮
　隋苑」形成互文，泛指秦漢隋唐等舊王朝的宮殿城池。

【名句】────────────

　　驪山橫岫，渭河環秀，山河百二還如舊。

【鑑賞】

　　這是一首懷古小令。詩人站在古都郊外的驪山之上、渭河之畔，面對亙古不變的山河，懷想千百年來風雲變化的歷史，發出深沉的喟歎。

　　長安乃古都，秦漢、隋唐等都曾建都於此。尤其是盛唐時期，長安城壯麗的自然景觀和人文景觀，使之成為歷史上最輝煌的都城之一。詩人在長安遊覽，看驪山峰巒仍險峻無比，渭河奔流一如既往，卻再無當年的繁華，只有狐兔奔竄，草木零落，一片荒涼。所謂懷古，往往和傷今聯繫在一起，詩人對往昔的懷念自然也包含著對現世的批判。山河依舊，卻物是人非，這叫懷才不遇的詩人怎能不發出無盡的感歎。接句「秦宮隋苑徒遺臭，唐闕漢陵何處有」就是這種感慨的直接抒發：連盛極一時的秦宮漢陵、隋苑唐闕都已化為塵土，無處尋找了，還有什麼能同永存的山河相提並論呢？相對於壯麗亙久的山河，任何歷史、人物、盛世王朝都會成為匆匆過客。最後兩句感歎可謂痛切，逝去的終歸逝去了，只留下山河依舊，山獨自憂愁，河獨自奔流。詩人從遐想回到現實，借山河之景，寄寓了對歷史沉浮、人世滄桑的慨歎和無奈之情，意味深長，讀來令人回味。

【今譯】

驪山峰巒挺拔俊秀，
渭河環繞著驪山奔流，
險峻的山河千年依舊。
昔日的繁華遠去，眼前狐兔奔竄，
草木零落，一片荒蕪，
秦隋的宮苑徒然遺臭萬年，
唐漢的陵闕如今何處還有？
山，淒淒地獨自憂愁；
河，靜靜地獨自奔流。

普天樂 江頭秋行 　趙善慶

稻粱肥，蒹葭^①秀。

黃添籬落^②，綠淡汀洲^③。

木葉^④空，山容瘦。

沙鳥翻風知潮候^⑤，望煙江萬頃沉秋。

半竿落日^⑥，一聲過雁，幾處危樓。

【作者】

　　趙善慶，生卒年不詳，字文寶，饒州樂平（今江西樂平）人。元代散曲家。所作雜劇多種，已失傳。散曲內容多寫景詠物，抒發羈旅思鄉之情。今存小令三十首。

【注釋】

①蒹葭：即蘆葦。

②黃添籬落：形容院落中籬笆上都蓋滿黃澄澄的新收穫的莊稼。籬落，即籬笆。

③綠淡汀洲：意為汀洲之上的葦草漸漸枯萎，不再是綠意深濃的景象。汀洲，水中陸地。

④木葉：樹葉。

⑤潮候：指潮起潮落的週期。

⑥半竿落日：太陽只能照到半竿上，是說太陽快要落山了。

【名句】

　　沙鳥翻風知潮候，望煙江萬頃沉秋。

【鑑賞】

　　此曲寫江邊秋色，濃墨重染，整體的渲染中不乏細緻的描摹勾勒，把秋景、秋光表現得濃郁、厚重，也蘊含著詩人深沉的情感。

　　此曲句句有景且移步換景，彷彿詩人就是一個高明的導遊，在為讀者一一指點著秋光。開篇敘寫田野裡的豐收景象，沒有蕭瑟的味道，卻有無限喜悅。稻子和高粱碩果累累，沉甸甸地垂著頭；江邊蘆葦身姿挺秀，楚楚動人。一個「肥」字、一個「秀」字，把靜物寫活了，也明顯地表露出詩人內心的喜悅。接句承接上句文意，寫農家院落籬笆上堆滿黃澄澄的新收穫的莊稼，而此時水上汀洲蘆葦已枯萎暗淡。詩人巧妙地通過黃、綠兩種色調的轉換對比，把秋的收穫和蕭條並舉，點明季節更替時特有的景致。應該說，在這段行程中，詩人的心情還是喜憂參半的。接下來，詩人放眼遠眺，指引另一番景致：秋風中樹葉凋零，已所剩無幾，山巒彷彿也變得清瘦了。「空」、「瘦」二字不僅寫出了秋天的蕭瑟與清遠，同時也表明，此時詩人的心情已轉為傷感。隨後寫秋風乍起，潮汛將臨，沙上鷗鷺翔集，不安地上下翻飛；遠處煙霧籠罩江面，浩渺迷茫。濃墨重彩的幾筆之後，秋的氣息頓時變得凝重起來。此時，詩人感受著大自然獨特的秋意，心潮逐浪。結尾幾句仍是寫景，通過「落日」、「過雁」、「危樓」的景致選取，進一步烘托秋意蕭索的氛圍，而詩人惆悵憂傷的心態也表露無遺。

稻子高粱熟了，碩果累累，

江邊蘆葦隨風搖曳，身姿秀美。

黃澄澄的莊稼蓋滿庭院籬笆，

水中的沙洲上，綠色的葦草漸漸枯萎。

樹葉在秋風中凋零，

山巒也變得清瘦憔悴。

潮汛將臨，水鳥在江面上翻飛，

遙望煙波浩渺的江水，秋色低垂。

太陽就要落山了，

大雁飛過，一聲哀啼，

遠處只有稀疏的幾座高樓點綴。

陽春曲 皇亭①晚泊　　徐再思

水深水淺東西澗，雲去雲來遠近山。
秋風征棹②釣魚灘，煙樹晚，茅舍兩三間。

【作者】

　　徐再思，生卒年不詳，字德可，號甜齋，嘉興（今屬浙江）人。元代著名散曲家。他的散曲題材多樣，風格清麗秀雅，與貫雲石齊名，後人編輯兩家作品為《酸甜樂府》。現存小令一百零三首。

【注釋】
①皇亭：具體位置不詳，後人認為應是「皋亭」，在今杭州西北。
②征棹：形容船夫逆風劃槳，十分用力。

【名句】

　　水深水淺東西澗，雲去雲來遠近山。

【鑑賞】

　　這是一首淡雅清麗的小令，詩人通過對江上秋景的描寫，創造了一種閒逸、灑脫的藝術境界。

　　開篇寫傍晚時分，船停靠在亭邊，詩人以閒散的心情觀察四周的景致。正是清爽的秋季，所見一切無不自然而舒展：東邊西邊的澗水時深時淺，雲朵自由地飄來飄去，遠遠近近坐落著高低起伏的山巒。曲中，詩人通過對仗的句法，形象地勾勒出皇亭四周澗水曲曲折折、百轉千回，山巒雲遮霧障、重重疊疊的姿態。接句寫秋風吹起，船夫用力劃槳，船在水中艱難行進的情狀；遠處灘頭，垂釣者在夕陽下悠閒地釣魚。兩種畫面交織，一動一靜，形成了強烈的對比。末兩句寫暮色漸濃，樹影朦朧，遠處兩三間茅舍正透出隱約的燈光。此曲寫的是秋江夜泊的情景，詩人所描繪的景致也很蕭疏，但絲毫不顯得傷感，而是以欣賞的筆調勾勒出一幅秋江夕照圖，意境深邃而悠遠。

【今譯】

　　東西兩澗的溪水千回百轉，時深時淺，
　　飄來飄去的雲朵籠罩著遠處近處的山巒。
　　秋風中船夫用力劃槳，遠灘外釣者自在悠閒，
　　煙霧彌漫樹林，已是黃昏時候，
　　兩三間茅舍透出燈光點點。

普天樂 西山夕照 　徐再思

晚雲收，夕陽掛。
一川楓葉，兩岸蘆花。
鷗鷺棲，牛羊下①。
萬頃波光天圖畫②，水晶宮③冷浸紅霞。
凝煙暮景④，轉暉老樹⑤，背影昏鴉⑥。

【注釋】
①牛羊下：指牛羊緩緩歸來。
②萬頃波光天圖畫：浩渺的江水映照著夕陽的金光，宛然一幅天工
　妙手繪製的圖畫。此處的「圖」作動詞解，意為描繪、繪製。
③水晶宮：傳說中水神或龍王的宮殿。
④凝煙暮景：煙霧升騰，使暮色更濃。
⑤轉暉老樹：夕陽的光輝在老樹間移動。
⑥背影昏鴉：老鴉背對著夕陽，兩翅間鍍上了金色。

【名句】

　一川楓葉，兩岸蘆花。

【鑑賞】

　　此曲是作者《吳江八景》組曲中的第八首，描繪了秋日
吳江畔山川夕照的畫面，語言爽利，境界開闊，充分展示出
江岸秋日晚景的美麗。

　　開篇對暮色做了整體勾勒，讓人立刻進入到一片夕照中。秋天的楓葉是火紅的，蘆花則是雪白的，紅白相映，一幅溫暖清麗的秋景圖躍然眼前。緊接著，作者的筆觸轉向細節刻畫。黃昏時分，正是禽鳥還巢、牛羊歸家的時候。於是，寧靜的畫面中出現了動景。透過詩行，讀者依稀能看到鷗鷺紛飛、牛羊群歸的景象。此時再看波光水景：夕陽映照在江面上，浩渺而燦爛；晚霞漫天，使得寒冷的水晶宮也彷彿被浸潤而變暖。詩人不由地驚歎：真乃天工繪製的畫面。結尾句用「鼎足對」的修辭手法，細膩地刻畫出「暮景」被煙霧籠罩、夕陽的光影在「老樹」間移動、「昏鴉」被晚霞映照的美景，可謂重筆塗抹之後的細心點綴，從中可見詩人的匠心。寫秋景的詩歌，慣常詠歎秋日的蕭瑟淒然，此曲則一反常規。詩人沒有摻雜自己的主觀情緒，而是將秋日黃昏的絢麗風情，如畫卷般徐徐展開，賦予秋日風物以全新的色彩，帶讀者進入到一片純粹的審美境界中。

【今譯】

傍晚的彩雲漸漸收起，
夕陽在西天邊上懸掛。
一川楓葉格外紅豔，
兩岸鋪滿潔白的蘆花。
鷗鷺已歸巢棲息，
牛羊正成群回家。

波光浩渺真乃天工繪製的圖畫，
寒冷的水晶宮也彷彿染上了紅霞。
煙霧重重，暮色深沉，
夕陽的餘暉在老樹間移動，
黃昏中烏鴉留下了金色的背影。

慶東原 江頭即事 曹德

低茅舍，賣酒家，客來旋①把朱簾掛。
長天落霞，方池睡鴨，老樹昏鴉。
幾句杜陵②詩，一幅王維③畫。

【作者】

　　曹德，生卒年不詳，字明善，衢州（今浙江衢縣）人。
元代散曲家，做過衢州路吏、山東憲吏等官。他的散曲風格
清麗自然，現存小令十八首。

【注釋】
①旋：馬上、立刻。
②杜陵：即唐代大詩人杜甫，自號少陵野老，世稱杜少陵。
③王維：唐代著名詩人，工於書畫。

【名句】

　　幾句杜陵詩，一幅王維畫。

【鑑賞】

　　此曲描寫鄉村晚景，用簡潔的筆墨勾勒江邊風物，語言
清雅，意境淡遠。

　　開篇首先從簡樸、熱情的酒家寫起，低低的茅草房，是
一戶賣酒的人家，見客人來立即把朱簾掛起。用一個「旋」
字，盡顯出店主的熱情、親切。接著詩人徜徉江村，看到
長天、落霞，方池、睡鴨，老樹、昏鴉，一組組動靜相宜的
畫面，在詩人筆下，是那麼自然而別具情態。詩人由衷地感
歎：這景致多像是杜甫的詩、王維的畫啊。杜甫曾描寫過許
多江村景物，他筆下的江村是自由自在而充滿生機的。王維的
畫是古代文人水墨畫的開端，他紙上的江村保留著原始的自然
和單純。而此刻，作者的心情卻與杜甫、王維不盡相同。此曲
應是作者避禍吳中時所作，因而總的基調是孤獨、悲涼的。
作者獨自漫步江頭，不免帶幾分孤寂，所見落霞、睡鴨、老
樹、昏鴉，一景一物總關情。透過幾組畫面，江村黃昏蕭索
的秋景躍然紙上，作者孤寂、憂鬱的心境也顯露無遺。

【今譯】────────────

一間低矮的茅草房，
一戶賣酒的人家，
客人來了立刻把朱簾懸掛。
天空中將要逝去的晚霞，
方形池塘裡懶睡的群鴨，
古老的樹、黃昏中的烏鴉。
這一幕多像杜甫的詩句，
王維的水墨畫。

少年文學35　PG1570

中學生必讀的中國古典文學
——曲（金～元）【全彩圖文版】

主編／秦嶺、秦乙塵
作者／趙娜、鄭奇
今譯／秦嶺
責任編輯／陳倚峰、徐佑驊
圖文排版／楊家齊
封面設計／蔡瑋筠
出版策劃／秀威少年
製作發行／秀威資訊科技股份有限公司
114 台北市內湖區瑞光路76巷65號1樓
電話：+886-2-2796-3638
傳真：+886-2-2796-1377
服務信箱：service@showwe.com.tw
http://www.showwe.com.tw

郵政劃撥／19563868
戶名：秀威資訊科技股份有限公司
展售門市／國家書店【松江門市】
104 台北市中山區松江路209號1樓
電話：+886-2-2518-0207
傳真：+886-2-2518-0778

網路訂購／秀威網路書店：http://www.bodbooks.com.tw
　　　　　國家網路書店：http://www.govbooks.com.tw
法律顧問／毛國樑　律師

總經銷／聯寶國際文化事業有限公司
221新北市汐止區康寧街169巷27號8樓
電話：+886-2-2695-4083
傳真：+886-2-2695-4087

出版日期／2016年9月　BOD一版　定價／450元
ISBN／978-986-5731-61-8

秀威少年
SHOWWE YOUNG

版權所有‧翻印必究　Printed in Taiwan　本書如有缺頁、破損或裝訂錯誤，請寄回更換
Copyright © 2016 by Showwe Information Co., Ltd.All Rights Reserved

國家圖書館出版品預行編目

中學生必讀的中國古典文學. 曲(金-元) / 秦嶺,
秦乙塵主編. -- 一版. -- 臺北市：秀威少年,
2016.09
　　面；　公分. -- (少年文學 ; 35)
全彩圖文版
BOD版
ISBN 978-986-5731-61-8(平裝)

834　　　　　　　　　　　105013887

讀者回函卡

感謝您購買本書，為提升服務品質，請填妥以下資料，將讀者回函卡直接寄回或傳真本公司，收到您的寶貴意見後，我們會收藏記錄及檢討，謝謝！如您需要了解本公司最新出版書目、購書優惠或企劃活動，歡迎您上網查詢或下載相關資料：http:// www.showwe.com.tw

您購買的書名：_____

出生日期：_____年_____月_____日

學歷：□高中 (含) 以下　　□大專　　□研究所 (含) 以上

職業：□製造業　□金融業　□資訊業　□軍警　□傳播業　□自由業
　　　□服務業　□公務員　□教職　　□學生　□家管　　□其它_____

購書地點：□網路書店　□實體書店　□書展　□郵購　□贈閱　□其他

您從何得知本書的消息？

　　□網路書店　□實體書店　□網路搜尋　□電子報　□書訊　□雜誌

　　□傳播媒體　□親友推薦　□網站推薦　□部落格　□其他_____

您對本書的評價：（請填代號　1.非常滿意　2.滿意　3.尚可　4.再改進）

　　封面設計____　版面編排____　內容____　文／譯筆____　價格____

讀完書後您覺得：

　　□很有收穫　□有收穫　□收穫不多　□沒收穫

對我們的建議：_____

_____

_____

_____

11466
台北市內湖區瑞光路 76 巷 65 號 1 樓

秀威資訊科技股份有限公司　　　收

BOD 數位出版事業部

....

（請沿線對折寄回，謝謝！）

姓　　名：＿＿＿＿＿＿＿　年齡：＿＿＿　性別：□女　□男

郵遞區號：□□□□□

地　　址：＿＿＿＿＿＿＿＿＿＿＿＿＿＿＿＿

聯絡電話：(日) ＿＿＿＿＿＿＿　(夜) ＿＿＿＿＿＿＿

E - m a i l：＿＿＿＿＿＿＿＿＿＿＿＿＿＿＿